KEITAI
SHOUSETSU
BUNKO
野いちご SINCE 2009

王子系幼なじみと、

溺愛婚約しました。

みゅーな**

JN031244

◎ STARTS
スターツ出版株式会社

「芙結は、ずっと僕のだよ。
ぜったい他のやつには渡さない」

　幼かったわたしの王子様。

　ずっとそばにいてくれると思っていたのに。
　ある日突然、わたしのそばから姿を消してしまった。

　だけど、事態は急変。

　数年後のわたしの18歳の誕生日。
　幼い頃の記憶で止まったままの王子様が現れて。

「これで芙結は完全に僕のものになったね」

　にこにこ笑いながら、
　わたしの左手の薬指に指輪をはめて。

「もうぜったい離したりしない。
ずっと僕のそばにおいておくつもりだから」

　なぜかプロポーズされて、
　おまけに一緒に暮らすことになりました。

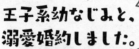

王子系幼なじみと、溺愛婚約しました。

登場人物紹介

白花 芙結
しらはな ふゆ

高校3年生。幼い頃に仲良く
していた芭瑠と同居すること
になり、芭瑠に溺愛される
日々を送る。

高梨 詩
たかなし うた

芙結のクラスメイト
で、一番の友達。芙
結のことが大好きで
いつも話を聞いてく
れる。

栗原 芭瑠
くりはら はる

芙結と同い年。幼い芙結の前から突然姿を消すが、芙結の誕生日に迎えにいってプロポーズする。

御堂 佳月
みどう かづき

芙結のクラスメイトで芭瑠とは小さい頃からの付き合い。ノリが良く爽やかなキャラ。

木科 小桃
きしな こもも

芭瑠の父親が営む会社の取引先の社長令嬢。自分のことを芭瑠の婚約者だと名乗る。

☆

c o n t e n t s

第1章

わたしと王子様の話。

　あれは、まだ8歳の頃。

　わたし白花芙結には、大好きな男の子がいた。

　まるで本物の王子様のように、素敵でかっこよくて。

　いつもにこにこ笑って、わたしのお願いをなんでも聞いてくれる。

　怒ったことなんて一度もない。

　優しいところしか知らない。

　わたしはよく、その男の子の家に遊びに行っていた。

　小さい頃は遊ぶ場所が限られていて、たまたま男の子の家の門が開いていたので、わたしが勝手に敷地の中に入ったのがすべての始まり。

　そこで、王子様のような男の子──芭瑠くんと出会った。

　そこから、いつでも遊びにおいでと言われて、時間があるときはいつもここに来ていた。

　ドラマでしか見たことがないような敷地の広さ。

　家……というより、お屋敷のような。

　お屋敷に向かうまでには、とても広い庭があって、そこに大きな花壇があった。

　そばには大きな木がある。

　春は桜が咲いて、夏にかけて緑の葉が茂って。

　秋にはもみじが綺麗な色を見せて、冬には雪が降ると真っ白の雪景色になって。

『芭瑠くん、今日は桜がとっても綺麗だね！』

『そうだね。芙結は桜が好きなの？』

『うんっ。だって桜はピンク色でお花の形も可愛いから！』

『……じゃあ、芙結にこれあげる』

　ポケットから取り出され、わたしの首にかけられたもの。

『わぁぁぁ、可愛いっ！』

　桜をモチーフにした、ガラスで作られたネックレス。

　透き通るように綺麗な薄いピンク色。

　このネックレスをもらったのはちょうど、桜が満開のわたしの誕生日だった。

　その日、芭瑠くんの様子がいつもと違ったのを今でも覚えている。

　まさかこのとき、芭瑠くんがパタリとわたしのそばから姿を消してしまうなんて思ってもいなくて。

　ザザッと風が吹くと、桜の花びらがその風に乗るようにわたしたちの周りを桜色で包み込んだ。

　そして芭瑠くんは、ふわりと笑いながら――。

『僕は……芙結が好きだよ』

　そう言って、わたしの頬にチュッとキスをした。

『芙結は、ずっと僕のだよ。ぜったい他のやつには渡さない』

　幼い頃に芽生えた小さな恋心。

　きっと、大人から見ればこんな小さな子供の告白なんて、可愛いものだと思われるくらいで。

　何年も経ってしまえば、その小さな恋はいつか淡い思い出となって消えてしまうって……。

『わたしも……芭瑠くんのこと大好きだよっ』

　ただ、その頃のわたしからしてみればそれは初恋で、いつまでも胸の中に残り続けると、幼いながらにそう思った。

『じゃあ……将来、僕と結婚してくれる？』

『うんっ、もちろん』

　誰もが叶うことはないと思うくらいの簡単な口約束。

　でも、わたしにとっては忘れられない出来事で。

『それじゃ……僕がそれまでに、芙結を守れるくらいになって戻ってくるから』

『どこか……行っちゃうの？』

『……少しだけ。芙結のために頑張らなきゃいけないことがあるから』

『頑張ることって？』

『芙結は知らなくていいこと。ただ、いっこだけ約束させて』

『やく、そく？』

　そのときの芭瑠くんは子供ながら、とても真剣な瞳で言った。

『ぜったい迎えにいくから。そのときまで、僕のこと待っててほしい』

　この言葉を最後に。

　芭瑠くんは、わたしの前から忽然と姿を消した。

　とても懐かしい夢を見ていた。

　小さい頃、大好きだった王子様の夢。

　桜の木の下で交わした約束も、芭瑠くんの笑顔も。

　ぜんぶ今のわたしの胸の中と、記憶に残っている。

　もう、あれから10年が過ぎた。

　たまにこの夢を、ふとしたときに見る。

　ただ10年も経てば、記憶は少しずつ曖昧なものになってしまう。

　今もまだ大切にしている、芭瑠くんと出会った形として唯一残されているガラスで作られた桜のネックレス。

　今のわたしには、これくらいしか芭瑠くんとの繋がりはない。

　いつも、必ずこのネックレスをするのが習慣になって、これをつけていたら、ぜったい芭瑠くんを忘れることはないから。

　それに……もし、芭瑠くんがあの頃の約束を覚えていたら、わたしのことを迎えに来てくれるかもしれない……なんて微かな願いもあったり。

　このことを周りにいる友達に話しても、そんなおとぎ話みたいな展開ありえないって否定されてばかり。

　だけど、わたしにとっては大切な人で、今も胸に残り続ける初恋の人。

　芭瑠くんがいなくなってしまった桜の季節になると、毎年近所にある大きな桜の木を見に行く。

　もしかして、ふと芭瑠くんがわたしの前に現れるんじゃないかって。

　あの頃と変わらず、優しく笑いかけてくれるんじゃないかって。

　でも、それはいつしか淡い期待にしか過ぎなくなってしまった。

　昔誰かが言っていた──"初恋は叶わない"……って。

　今、芭瑠くんがどこにいて何をしているのか、まったく知らない。

　芭瑠くんがいた頃に通っていたお屋敷も、いつしか誰も住んでいる様子がなくなってしまった。

　なので、わたしも足を運ぶのをやめた。

　しょせん、子供の頃に交わした口約束なんて守られるわけないのかな。

「芭瑠くんに会いたい……な」

　部屋にある窓をガラッと開けると、春の心地いい風が吹き込んでくる。

　10年経った今、わたしは高校3年生になった。

　今は春休み中なので、正式にはあと5日後にある始業式を迎えれば無事に3年生に進級する。

　そして今日、桜が満開の4月2日は……わたしの18歳の誕生日。

　誕生日だからといって変わったことはないし、高校生にもなればそんな盛大にお祝いされることもない。

　いつもどおりの生活を送って、これからも平凡に過ごしていくんだろうなぁと思いながら、お母さんがいるであろうリビングに向かった。

「あら、芙結おはよ〜！」

「おはよ」

　いつもと変わらずお母さんがキッチンに立って、忙しそうに朝ごはんの準備をしていた。

「あっ、それとハッピーバースデー！」

「あ、ありがとう」

　こうやってお祝いの言葉をもらえるのは、何年経っても嬉しいなぁ。

　すると、朝ごはんをテーブルに運び終えたお母さんが、わたしの正面に座って何やらニヤニヤしている。

「芙結もついに18歳になったのね〜。ずいぶん大人になったわね〜」

　トーストをかじりながら、お母さんの顔をジーッと見る。

「やっとこの日が来たのね!!　まあ、待ちくたびれたのはお母さんだけじゃないと思うけど！」

　よくわからないので、とりあえず朝ごはんをパクパク食べ進めていく。

「これから楽しみね〜。芙結が幸せになることを願ってるわ〜！　きっと大切にしてもらえるだろうから！」

　なんか、いつもよりお母さんのテンションが高いような気がする。

　しかも、後半の部分は言ってることがもっとよくわかんないし。

「あっ、そうだ。今日このあとここに柏葉さんが――」

　お母さんが何か言おうとしたところで、タイミング悪く家の電話が鳴ってしまった。

　結局、お母さんは何を言おうとしたのかな。

　聞き慣れない人の名前が出てきたのは気のせい？

　そのあとお母さんはかかってきた電話を切ると、あわてて出かけてしまった。

　さっき言いかけていたことが少し気になったけれど、大事なことだったら、あらためてきちんと話してくれるだろうと思ってあまり気にはとめなかった。

　朝ごはんを食べ終えて、リビングのソファでグダーッと寝転びながらテレビをつける。

　春休みとはいえ平日なので朝の時間帯はニュースばかりで、見ていたら眠くなる内容ばかり。

　さっき起きたばかりだっていうのに、もう眠たい。

　うとうとしながら、気づいたら目を閉じていた。

　心地いい眠りについていると、何やらインターホンの音が遠くからする。

　まだ意識が完全に戻っていないので、これが現実なのか夢の中なのかさまよっている状態。

「……ん」

　でも、インターホンの音は鳴り止むことがなく、徐々に鮮明に聞こえてくる。

　ハッと目が覚めてソファから飛び起きた。

　だ、誰か来てる。

　急いで出なきゃと思い、ふらつく足取りで誰か確認せずに玄関の扉を開けてしまった。

「は、はい……どちら様──」

　開けて数秒、言葉を失って固まる。

　え……な、何この怪（あや）しい人……!!

　黒のスーツをピシッと着こなして、サラッとした黒髪の男の人が立っている。

　おそらく外見から歳は30代くらい。

　何かの勧誘（かんゆう）の営業マンかと思ったけれど、どこか品のある雰囲気（ふんいき）からそういう感じには見えない。

　するとわたしの姿を見て、にこっと優しそうに笑いながら落ち着いた声色（こわいろ）で言った。

「こんにちは、芙結さま」

　ふ、芙結さま??

　なんでわたしの名前知ってるの??

　少なくともわたしはこの人に会ったことはないと思うし、今日が初対面のはずなのに。

　えっ、まさか新手の誘拐手口（あうて）（ゆうかい）とか!?

　もう誘拐する子の名前なんて把握（はあく）してますみたいな!?

　いや、でもわたしそんな連れ去られるような年齢（さ）（ねんれい）じゃないし……。

　なんて、いろんなことを考えてみたけれど、男の人は相変わらず笑顔を崩（くず）さないまま。

「以前も可愛らしかったですが、今はさらに可愛く大人っぽくなられましたね」

　ちょ、ちょっと待って。

　以前って、面識（めんしき）があるってこと？

　なんとか記憶の奥底までこの人の顔を探してみるけど、いまいちピンとこない。

「え、えっと……あなたは──」

「……っと、こうしてはいられませんね。少々時間がありませんので、今からついてきてもらってよろしいですか？」

「は、はい？」

　完全に、どちら様ですかって聞くタイミングを失ってしまった。

「そのままでも十分ですので、家の戸締りのみしっかりお願いしますね」

　えっ、ちょっと……！

　自己紹介もないし、なんでいきなり知らない人に連れて行かれそうになってるの!?

「さあ、行きましょうか」

「い、行くってどこに！」

　お願いだから、この状況をもっと詳しく説明してほしいんですけど!!

「お屋敷でございます。お母さまから何か聞いていないですか？」

「お、お屋敷??　何も聞いてないです！」

「実里さまにはずいぶん前からご許可をいただいているのですが……」

　実里さまとは、わたしのお母さんのこと。

　なんでお母さんの名前まで知ってるの。

「だ、だからこの状況を説明して……きゃっ」

「すみません。少々強引ですが、あまり待たせてしまうと
わたくしが怒られてしまうので、少し我慢してください」

　なんて言われて、わたしの身体をひょいっと抱き上げた。

「どうか暴れないでくださいね。芙結さまにお怪我をさせ
てしまったら、わたくしが叱られますので。お車まで辛抱
してください」

　どうやら抵抗しても無駄なようで、ラフな部屋着にサン
ダルのまま連れ出されてしまった。

　外に出て、目の前に止まっている真っ黒の横に長い車に
驚いた。

「どうぞ」

　お金持ちがよく乗っていそうで、ドラマでしか見たこと
がない。

　わけもわからず車に乗せられた。

　黒服の人はわたしを乗せると、運転席へと移動した。

「それでは出発いたしますので」

　車が動き出したけれど、エンジンの音がほぼ聞こえなく
てとても静か。

　車内の揺れもそんなに感じない。

　誘拐犯……にしては高級な車に乗っているからおかしい
し、なんでわたしのお母さんの名前まで知ってるのって感
じだし。

　いろいろと謎が多すぎる。

「あの、すみません」

「どうかされましたか？」

「あ、あなたってその、何者ですか？」

「あぁ、失礼いたしました。自己紹介がまだでしたね。わたくし柏葉と申します」

「は、はぁ……」

　名前を名乗っているあたり、怪しい人ではないと思いたいけれど。

　それに、さっきお母さんがチラッと口にしていた名前も柏葉さんだったような。

「以前にお会いしたことがあるのですが、忘れてしまいましたか？」

「え、えっと……すみません、さっぱり覚えていなくて」

「それもそうですね。あの頃……芙結さまは、たしかまだ小学生の頃でしたでしょうか」

　なんて、懐かしそうな口調で話す柏葉さん。

　わたしは柏葉さんと小学生の頃に会っていたってこと？

　でも、何がきっかけで？

　記憶の糸をたぐるけど、まだ何も思い出せない。

　すると、走っていた車がどこかの敷地内に入ったみたいで、目的地に着いたのか停まった。

　いろいろ考えるのに夢中になっていて、窓の外をまったく見ていなかったので、ここがどこなのかさっぱりわからない。

　すると、ガチャッと音がして車のドアが柏葉さんの手によって開けられた。

「さあ、どうぞ」

　スッと手を差し出されたので、控えめにその手の上に自分のを重ねる。

　な、なんだかこの瞬間だけお姫様になったかのような錯覚を起こしてしまいそう。

　目の前にそびえ立つ立派なお屋敷。

　周りを見渡せば、それはもう広いって言葉じゃ足りないくらいの庭。

　ふと、一瞬だけこの光景に既視感を覚えた。

　あれ……わたし昔ここに来たことあるような……。

「芙結さま？　どうかされましたか？」

「あっ……えっと、なんでもない……です」

　柏葉さんが不思議そうな顔をしてこちらを見ている。

「そうですか。それでは中に入りましょうか」

　広い庭を通って、柏葉さんが目の前の大きな扉を両手を使って開けた。

　中に広がる光景は、わたしの住む世界とはまったく違うと言ってもいいくらい。

　扉を開けたら、なぜかメイドさんのような人たちがたくさん両サイドに立っていて、頭を下げているし。

　真上を見れば、お金持ちお決まりの大きなシャンデリアがあって。

　壁には高そうな絵画が飾られていて。

　中に入って早々、異次元の世界にでも飛び込んだんじゃないかって衝撃を受けてる。

い、いったいこれは何ごと？

「では、急いで着替えのほうをすませましょうか。お部屋はご準備できていますので」

「き、着替え?? わ、わたしいったいこれからどうなるんですか？」

「ご安心ください。着替えの際はわたくしではなく、別のメイドがお手伝いいたしますので」

いや、問題はそこじゃなくて!!

というか、一般庶民のわたしがいきなりこんなお金持ちの人が住んでいるお屋敷に連れてこられているのが謎でしかないんだけども！

「では芙結さま、こちらの部屋でお着替えのほうを。わたくしは部屋の外でお待ちしておりますので」

柏葉さんがそう言うと、かわりにメイドさんが3人ほどわたしの前に現れた。

部屋の中に連れ込まれたわたしは、メイドさんたちにされるがまま。

いきなり着ていた服をスポッと脱がされて、ササッと着替えさせられた。

着せてもらったのは、薄いピンクのスリットが入ったドレスみたいなワンピース。

足首まで隠れるロングの丈に、肩から腕の部分にかけて、すべてレースになっている。

「芙結さまはとても可愛らしいお顔立ちですので、お化粧は必要ないかと思います。リップだけにしておきますね」

「え、えっと……」

　戸惑っている間にも、メイドさんたちは手際よくさくさくと進めていく。

　肩につくまで伸ばした髪は毛先を軽くコテで巻かれて、サイドに可愛いリボンのバレッタをつけてもらった。

　そして、首元にはさっき家からずっと身につけている桜のネックレス。

　少し高めの黒のヒールが用意されて、まるでどこかのパーティーにでも行くみたい。

「すべて準備が整いました。いかがでしょうか」

　いや、わたしに聞かれても。

　なんと言っていいのやら。

「あ、えっと、大丈夫です」

　自分で口にしておいて、何が大丈夫なのかさっぱりわからない。

　とりあえず、この状況を誰でもいいから説明してほしいって何回も思う。

　すると、メイドさんたちは３人ともにこっと笑って、全員同じくらいの角度でお辞儀をして「では、失礼いたします」と声を揃えて部屋を出て行った。

　こんな格好をさせられて、どこかに売られるんじゃないのなんて、よからぬ考えが頭の中をよぎる。

　ま、まさかそんなことあるわけ……。

　それに、お母さんは何やら事情を知っているみたいだし。

　はぁ……しまった。

スマホ家に置いてきたままだ。

連絡を取る手段が何もない。

すると、部屋の扉がコンコンッとノックされた。

「入ってもよろしいでしょうか？」

この声は柏葉さんだ。

「あ、どうぞ」

すると、柏葉さんは入ってくるなり、にこにこ笑いながらなぜか拍手をしてる。

「とても似合っております」

ここで褒められても正直微妙な気分だし、どういう反応をするのがベストかわからないので、とりあえず口角を上げて笑ってみる。

「こんなに可愛らしい姿、旦那さまが見られたら、さぞ喜ばれると思いますよ」

「だ、旦那さま??」

「おっと、失礼いたしました。まだ芙結さまとご結婚されていないので、旦那さまではないですね」

ゴケッコン……？

ごけっこん……？

ご結婚……？

「あの……念のための確認なんですけど、結婚っていったい誰の……」

「もちろん、芙結さまのですよ」

えっ、わたしのケッコン……？

わ、わたしの結婚!?

「えっ、はっ、えっ!?　わ、わたしが結婚するんですか!?」

「はい。もちろんです」

　も、もちろんですって、そんな冷静な反応されても困るんだけども!!

「ちょっ、ちょっと待ってください、いきなりすぎます!!」

　あわてるわたしとは対照的に、相変わらず落ち着いている柏葉さん。

　しかも、タイミング悪く柏葉さんのスマホが音を鳴らしてしまい──。

「申し訳ございません。しばらくこちらの部屋でお待ちいただけますか?」

　電話に出るため、柏葉さんはわたしのそばを離れてどこかへ行ってしまった。

　肝心の話がまったく聞けていないのに、大人しく待てるわけないじゃん!

　だって、このままじゃ誰かわからない相手と勝手に結婚させられちゃうってことでしょ!?

　というか、お母さんはこれを承知してるの!?

　何もかもが突発的に起こりすぎて頭の中はパニック。

　と、とにかく……すぐにここから逃げ出したほうがいい気がする。

　今わたしのそばには、メイドさんも柏葉さんもいない。

　ということは、今がチャンス??

　部屋中を見渡して、どこか外に抜け出せるところがないか探してみる。

「……あの窓ならいけるかな」

　部屋の中でいちばん大きな窓。

　抜け出すとしたらここしかない。

　鍵を開けて、両手を使って窓を全開にしてみると外の地面までそんなに高さはない。

　この高さならいける……！と思って、勢いよく外に飛び出したのはいいけど。

「えいっ！」

　失敗した。

「……って、痛ぁぁい!!」

　いま自分がヒールのある靴を履いているのをすっかり忘れていたせいで、着地でバランスを崩して足を思いっきりくじいてしまった。

　ハッとして自分の手で口元を覆う。

　し、しまったぁぁぁ……。こんな声出したら脱走しようとしたのがバレてしまう。

　恐る恐る、窓から部屋の中を覗き込んでみると、誰もわたしが外に出たことには気づいていないよう。

　ひねった足首がめちゃくちゃ痛い。

　でも、こうしている間にも柏葉さんが戻ってきたら逃げ出せなくなっちゃう。

　なので、痛む足を引きずりながら庭のほうを目指す。

「ぬぅぅ……足首痛いし、ヒール邪魔だし……っ」

　さすがに裸足で外を歩き回るわけにはいかないけど、ヒールの靴は歩きづらくて仕方ない。

　でもでも、見知らぬ人と結婚させられるなら、これくらいの痛み我慢しなくちゃ。

　ふらふらの足取りで、ようやくお屋敷から少し離れたところまで来た。

　そこには大きな噴水と花壇があった。

　この花壇、たしか──。

　またしても、既視感を覚える。

　もしかして……と思い、花壇から少し離れた場所に足を進める。

　何年も前のことだっていうのに、意外と記憶は鮮明に残っていて。

　まるで、思い出に導かれるように足が進む。

　そして、たどり着いた場所。

「う、嘘……っ」

　10年前とまったく変わらない、大きな桜の木を見つけた──。

王子様とまさかの再会。

　ザザッと風が吹き、桜の花びらがわたしの周りを囲う。

「この桜の木……」

　見間違えるわけがない。

　いつも見ていたから覚えてる。

　それに何度も覚えた既視感。

　きっとそれは、昔ここに足を運んでいたから……。

　何年も前のことなので、すぐにはっきりしなかったんだ
けれど。

　周りをザッと見渡して、よく思い出してみれば、どんど
ん昔の記憶がよみがえってくる。

　ここは紛れもなく、わたしの初恋の相手——芭瑠くんが
いた場所だ。

　心臓がドクッとさっきよりも強く音を立てたと同時。

「……芙結？」

　やわらかな風とともに、優しい声が空気を揺らした。

　声を聞いただけで誰かわかる。

　一瞬、今わたしの周りだけの音が何も聞こえなくなるく
らい……。

　ただ、心臓の音だけは異常なくらいバクバクと響いてる。

　ずっと、ずっと——会いたくて仕方なかった人……。

　自分を落ち着かせるために、ゆっくり胸元にあるネック
レスをギュッと握る。

　すると、背後に突然人の気配を感じて。

「芙結……だよね？」

　甘い香りが鼻をくすぐって。

　ふわっと優しく、後ろから抱きしめられた。

　まだ顔も見ていないのに、うるさい心臓の音は収まることを知らない。

「僕のこと……覚えてる？」

　耳元で聞こえる、甘くて少し低い声。

　声からしてわかる。

　子供だったあの頃と比べて、格段に大人っぽさが増していることが。

「は、芭瑠……くん……っ？」

　消えてしまいそうなくらい、か細い自分の声に驚いた。

「……そーだよ。僕のこと覚えててくれたんだ？」

　嬉しそうな声のトーンで言うと、わたしの肩に芭瑠くんの手が触れて、そのまま身体をくるりと回された。

　ゆっくり……顔を上げてみれば──。

「……久しぶりだね」

　わたしの記憶の中で止まっていた幼い頃の芭瑠くんは、もういなかった。

　ただ、面影は残っていたけれど……それを遥かに超えて、大人っぽさが勝っていた。

　少し明るめのミルクティーベージュの髪色。

　毛先を少しだけふわっと遊ばせてセットしているのが、とても似合ってる。

　顔のラインはシュッとしているし、澄んだ綺麗な瞳に見つめられたら動けなくなる。

　顔のパーツどこを見ても欠点が見当たらない。

「……どーしたの、固まっちゃって」

　笑った顔や、優しそうにわたしを見る瞳は、昔とそんなに変わらない。

「あっ……えっと、お久しぶり……です」

　どう自然に会話を繋げたらいいのか混乱しちゃって、なぜか敬語になってしまった。

　というか、こうやって顔を見て話すのが久しぶりすぎて、うまく振る舞うことができない。

　目を合わすことすら難しくて、キョロキョロして下を向いてしまう。

　すると、芭瑠くんはクスッと笑いながら。

「……ちゃんと芙結の可愛い顔見せて？」

　わたしの両頬を優しく手で包み込んだ。

「う……っ」

　しっかりわたしの瞳を見つめて、捉えたら逃さないように見てくる。

「昔も可愛かったけど……今は少し大人っぽくなって、もっと可愛くなったね」

　にこっと笑った顔が懐かしくて、それと同時に心臓のドキドキはさらに加速する。

　それを言うなら芭瑠くんだって、わたしなんかよりずっと魅力的。

　目の前にいる芭瑠くんは、黒のタートルネックにグレーのジャケットを羽織っていて、すごくスタイルがいいからよく似合ってる。

　今だって、わたしが首をしっかり上げないと芭瑠くんの顔が見えない。

　なんだか、わたしだけが置いてけぼりになっているように感じてしまうほど。

　たしか……記憶が正しければ、芭瑠くんはわたしと同い年だった気がする。

　そうなると……今の芭瑠くんは18歳。

　とてもそうは見えない。

　数年会っていないだけで、こんなにもかっこよくなって、大人っぽくなっているなんて——ずるい。

「ところで、なんで芙結はこんなところにいるの？　柏葉はどうしたの？」

「えっ、芭瑠くんは柏葉さんのこと知ってるの？」

「知ってるも何も、小さい頃から僕の世話役としてそばにいるからね」

　そ、そういえば……。

　昔、芭瑠くんのお屋敷の庭に遊びに行ったとき、いつもそばに黒い服を着た男の人がいたような、いなかったような……。

　あぁ、だから柏葉さんはわたしのことを知っていたんだ。

「僕が予定よりここに到着するの遅れるって連絡したんだけど。だから柏葉に芙結のことを頼んだのにアイツはいっ

たい何をしてるのかな」

　顔は笑っているけど、口調が怒っているように聞こえたのであわててフォローに入る。

「あっ、ち、違うの……っ！　わ、わたしが勝手に脱走しちゃって……」

　すると、芭瑠くんはなんで？って顔をしてこちらを見てくる。

「柏葉に何か気に入らないことされた？」

「そ、そんなことないよ！　た、ただ……なんかわたし知らない人と結婚させられちゃうみたいで」

「まさかそれで逃げてきたの？」

「う、うん」

　知らない人との結婚なんてぜったいに嫌だもん。

「相手、誰か聞いてないの？」

「うん、聞いてないよ」

　すると、芭瑠くんは大きなため息をついた。

「はぁ……柏葉のやつ、何も話してないわけね。芙結に説明しておくよう言っておいたのに」

「……？」

「とりあえず屋敷のほうに戻って話はそこでしようか」

　落ち着いて状況を把握している芭瑠くんとは反対に、何が起こっているのかさっぱりわかっていないわたし。

　芭瑠くんに手を引かれて、そのままお屋敷まで歩こうとしたら。

「ぅ……っ」

し、しまったぁ……。

さっき足首ひねったの忘れてた。

今もまだ少しズキッと痛んで、思わず足を止めてしまう。

「芙結？」

「あっ、えと……」

「どうしたの？　何かあったなら言って？」

「あ、足……くじいちゃって」

すぐに芭瑠くんが心配そうな顔をしながら、しゃがみ込んでわたしの足に優しく触れる。

どうやらさっきより悪化したみたいで、足首のあたりが少し赤くなっている。

「まさかこのヒールのせい？」

「……やっ、えっと、わたしがここから逃げようとしたとき、窓から出ちゃって。そのとき着地に失敗してグキッてなったみたいで」

もとをたどれば、窓から脱走しようとしたのが悪いんだけれども。

すると、芭瑠くんが再び大きなため息をついた。

「はぁ……柏葉のやつ。芙結に怪我でもさせたら容赦しないってあれほど言っておいたのに」

「え、えっと柏葉さんは悪くなくて、窓から出たわたしが悪いわけで……っ」

「でも芙結から目を離した柏葉の責任でもあるよね。それで芙結にこんな大怪我させて」

「そんな大げさだよ……っ！」

「あとできつく言っておかないとね」

「か、柏葉さんは悪くないよ」

　必死に大丈夫ってアピールするけど、あまり聞いてもらえない。

「いや、悪いでしょ。僕の大切な芙結に怪我させたんだから」

　すると、芭瑠くんがわたしの身体を軽々しく、ひょいっとお姫様抱っこした。

「すぐ屋敷に戻って手当てしないと。なんなら救急車呼んだほうがいい？」

「きゅ、救急車!?」

　えっ、なんで足首ひねったくらいでそんな大ごとになってるの!?

　わたしがびっくりしている間にも、芭瑠くんは片手でスマホを持ち、本気で救急車を呼ぼうとしているので全力で止める。

「ま、待って!!　救急車なんて大げさだよ！」

「僕にとって芙結が怪我したのは緊急事態に相当するものなんだけど」

「だ、大丈夫だよ！　お屋敷に戻って湿布か何か貼ってもらえたらいいから！」

　必死に説得して、なんとか救急車を呼ばれずにすんだ。

　お屋敷に戻ると、なぜか中がかなりあわただしい。

　メイドさん、執事さんが廊下を走り回っている。

「芙結さま！　どこにいらっしゃいますか！」

　しかも、わたしの名前を呼んでいる。

　ど、どうやら脱走したわたしを探している様子……。

　なんだか大ごとになってしまって、今さらながら申し訳ない気持ちが出てくる。

　すると、ひとりのメイドさんがわたしを抱っこした芭瑠くんを見つけて、かなりホッとした様子を見せながら。

「芙結さま！　ご無事でしたか!?」

　まるでどこかで遭難して奇跡的に見つかったみたいな反応されるから、もうびっくり。

「柏葉はどこ？　芙結の世話を頼んだのに、アイツはいったい何やってたわけ？」

「あっ、いま芙結さまを探しておられます！　呼んで参りますね！」

「それじゃあ、僕の部屋に来るよう伝えて」

　メイドさんにそう言うと、さらに「あと、救急箱を至急持ってくるようにして」と付け加えて、ズンズンお屋敷の中を進んでいく。

　入り口から長い廊下を歩いていちばん奥の部屋。

　大きくて真っ白な扉が芭瑠くんの手によって開かれた。

　この部屋の中もやっぱり別次元。

　いたるところに大きな窓があって、日当たりがいいので電気がなくても部屋の中がとても明るい。

　おとぎ話の中の王子様が住んでいそう。

　大きなテーブルに、そばには真っ白で座り心地がよさそうなし字型のソファ。

その前にはとても大きなテレビ。

難しそうな本が並べられた本棚が3つくらいあって、そのそばに大きなデスク。

窓のそばにはハンモックがあるし……。

ここだけで相当な広さなのに、さらに奥に進むと部屋の中にまた別の部屋があるらしく。

扉を開けるとそこは寝室みたいで、ど真ん中にドーンッと置かれたかなり大きなサイズのベッド。

そこにそのまま下ろされた。

「ここで少し待てる？」

「あっ、うん」

すると、芭瑠くんはわたしの頭をよしよしと撫でて、寝室から出て行った。

ふかふかの寝心地がよさそうなベッド。

芭瑠くんはいつもここで寝てるのかな。

本当は芭瑠くんが戻ってくるまで大人しく待っていなきゃいけないんだけど。

身体をベッドに倒して寝転んでみる。

うわぁぁ……やっぱりふかふか。

それに、芭瑠くんの甘い匂いがする……。

なんだか、ここで寝ていると芭瑠くんに包み込まれているような気がして、ずっとこのままでいたい……なんて思っちゃう。

早く起き上がらないと戻ってきた芭瑠くんに怒られちゃうかもしれないのに。

　心地がよくて、なんだかまぶたが重くなってくるし、気分までふわふわしてきて。

　そのまま意識が飛びそうになったとき……。

「……そんな無防備な姿で何してるの？」

　低い甘い声が聞こえて、一瞬ベッドが少しだけ沈んだような気がした。

　その直後、誰かに後ろから抱きしめられたような感じがして。

「……そんなに寝心地よかった？」

「ん……っ？」

　ゴソゴソとベッドの上で身体を回転させて、向きを直してみたら。

「ダメだよ、そんな無防備な姿で寝たら。僕以外の男だったら襲われてるよ？」

「え……、あっ……ごめんなさい。つい寝心地がよくて、なんかうとうとしちゃって……」

　まさか、芭瑠くんがこんなに早く戻ってくるとは思っていなかった。

　しかも、気づいたらなぜかベッドの上で抱きしめられてるし……っ！

　すると、なぜか芭瑠くんはクスッと笑って、さらに抱きしめる力を強めた。

「あーあ……ほんと芙結は可愛いね」

「ひぇ……っ、は、芭瑠くん……っ？」

　ドキドキするから離してほしいのに。

　こっちから少し身体を引こうとすれば、さらにグッと寄せてくる。

「ほんと可愛くてたまんない」

　なんて言いながら、おでこに軽くキスをしてくる芭瑠くんは確信犯。

　もう恥ずかしいなんて言葉じゃ収まらないので、目を合わせることすらできない。

　顔がさっきよりもずっと熱い。

　きっと芭瑠くんがそばにいるせい。

　真っ赤になっているであろう顔を見られたくない。

　だから、顔を伏せたのに芭瑠くんの綺麗で長い指先がそっと顎に添えられて、クイッと上げられる。

　目がしっかり合ったせいで、顔全体にぶわっと熱が広がっていく。

「顔真っ赤。……これって誰のせい？」

　わかってるくせに、わざと言わせようとしてる。

「芭瑠くんの……せい、だよ……っ」

「ふっ……そうだね」

　満足そうに笑ってる。

　そして、芭瑠くんが急に体勢を変えてわたしの上に覆い被さってきた。

「へ……っ？」

　何が起きたのかよくわからないまま、あわてて芭瑠くんの胸元を押し返す。

　でも、両手をベッドに押さえつけられて、さらに指を絡

めて優しく握ってくる。

「あの……っ」

「なーに？」

「こ、これはどういう状況……」

「んー、僕の我慢が少し限界にきてる状況かな」

そう言って、おでこや頬、首筋に甘いキスが落ちてくる。

「……ぅ……っ」

唇は外してるけど、芭瑠くんのやわらかい唇の感触が肌に触れるたびに、くすぐったい。

慣れない感覚についていけなくて、思わず手に力が入る。

でも、手は芭瑠くんに繋がれたままなので、さらに手をギュッと握ってしまう。

「……はぁ、可愛すぎてブレーキきかない」

「ふぇ……っ」

身体が少しずつ熱くなって、悲しいわけじゃないのに、なぜか瞳にジワリと涙がにじむ。

「可愛いすぎてどうにかなりそう……。芙結のぜんぶ僕だけが独占したくなる」

「っ……？」

すると、芭瑠くんの視線が少し下に落ちて、何かに気づいた様子。

「これ……まだ持っててくれたんだ？」

そっと、わたしの首にかかるネックレスに手を伸ばした。

「あっ……。だって、芭瑠くんにもらった大切なものだから。手放したくないから、ずっと身につけてるの」

　離れてしまって、わたしと芭瑠くんの繋がりとして残っていたのはこのネックレスだけだから。

「……芙結って僕を喜ばせる天才なんだね」

「へ？」

「そんなこと言われたら、もうこれから先ぜったい離してあげないよ？」

「こ、これから先……？」

　すると、さっきまで繋がれていた手がスッと離れて、かわりに左手の薬指に冷たい何かがはめられた。

「これで芙結は完全に僕のものになったね」

　状況がさらに理解できず、ポカーンとしているわたしと、さっきからにこにこ笑ったままの芭瑠くん。

　え、えっと……、これはどういうこと？

　いったん頭の中を整理するために、もう一度最初から状況を振り返る。

　そもそもわたしって、なんでここに連れて来られたんだっけ……？

　あれ、たしか誰かと結婚させられちゃうって話で、逃げ出そうとして。

　それで芭瑠くんと再会して……。

「やっと手に入った」

「え、えっと……」

「もうぜったい離したりしない。ずっと僕のそばにおいておくつもりだから」

　ゆっくり……左手の薬指を見てびっくりした。

　いや、びっくりってものじゃない!!

　薬指に輝くシルバーリング。

　真ん中には輝きすぎているくらいのダイヤモンドが埋め込まれていて、かなり高級そうな指輪。

　失くしたら大変……って違う違う!

「こ、この指輪って……」

「あれ、気に入らなかった？」

「い、いや……そういうわけじゃなくて！」

「それともサイズ合わなかった？」

「えっと、サイズはぴったりだけど……」

「そう、ならよかった。すごく似合ってるね」

　な、なんかこの展開いろいろおかしくないかな!?

　どうして芭瑠くんはこんなに落ち着いてるの……！

「な、なんで指輪なんて……」

　すると、芭瑠くんはキョトンとした顔をしながら、とんでもないことを口にした。

「だって芙結は結婚するんだから」

「……えっ、ケッコン……？　だ、誰と……？」

「もちろん僕と」

「……あっ、そうなんだ」

　なんだ、わたし芭瑠くんと結婚するのかぁ。

　それで指輪もらえたんだぁ、なるほど。

　……ん？　んんん??

「――って、は、芭瑠くんと結婚するの!?」

　えっ、待って待って!!

　なんか展開が急すぎるし、もう何がどうなってるの!?

「うん、もちろん。そのために今日芙結をここに連れてきたんだよ」

「う、嘘……、これって夢の中……?」

「嘘じゃないよ。ほら、ほっぺ引っ張っても痛いでしょ?」

「いひゃい……」

　自分で引っ張ってみたら、たしかに痛かった。

　ということは、これは夢じゃない!

「え、な、なんでいきなり結婚なの!?」

　もう頭の中はパニックを通り越してる。

「いきなりって、ずっと前に約束したよ?」

　た、たしかに昔……芭瑠くんがわたしの前からいなくなるとき——。

『ぜったい迎えにいくから。そのときまで、僕のこと待っててほしい』そう言われたのは今でも覚えていて。

　だけど、そんなの小さな頃に交わした口約束で、覚えているのはわたしだけかと思っていたのに。

　まさか……本当に迎えにくるなんて、想像していなかった夢のような話。

「……芙結と一緒に過ごすために時間はかかったけど、ちゃんと戻って来れたから」

　空白の10年間。

　芭瑠くんの中で何があったのか、どうしてわたしの前からいきなり姿を消したのかは、いまだにわからないまま。

「芙結のためなら嫌なことも、やりたくないこともぜんぶ

乗り越えられた。本当はもっと早くからそばにいたかった
けど」

　すると、芭瑠くんがわたしの左手をスッと取り、薬指に
軽くキスを落としながら。

「芙結が18歳になったら迎えにいくって決めてたから」

　芭瑠くんを見る限りとても冗談だったり、からかって
いるようには見えない。

「もう、ぜったい離してあげない」

　そのまま芭瑠くんの顔がどんどん近づいてきて、お互い
の距離がゼロになる寸前——。

　思わずギュッと目を閉じると。

「お取り込み中のところ失礼いたします。芭瑠さま、少々
強引すぎて芙結さまがかなり戸惑っていらっしゃるように
見えますが」

　突然、聞き覚えのある男の人の声がしたので、ハッとし
て閉じた目を開ける。

「……何かな、柏葉。すごくいいところなのに、よくも邪
魔してくれたね」

　まるで気配を完全に消す技を使ったかのように、澄まし
た顔の柏葉さんがベッドのそばに立っていた。

　えっ……い、いつからいたの!?

「いえ、とてもいいタイミングかと。芙結さまが食べられ
てしまいそうですので」

「人聞きの悪いこと言わないでほしいね。ただ芙結が可愛
いから歯止めきかなかっただけだし」

「ですから止めに入ったのですよ」

　柏葉さんは目の前の光景に驚く様子も見せないまま、にこっと笑ってわたしの身体をベッドから起こしてくれた。

「久しぶりの再会が嬉しいのはわかりますが、芙結さまのペースも考えたほうがよろしいかと。それに、わたくしのせいで怪我をさせてしまったようですし、手当てもまだされていないかと思いますので」

　柏葉さんが片手に救急箱を持っていて、そのままわたしの足にスッと触れると。

「柏葉は誰の許可を取って芙結に触れてるの？」

「こんなときまでヤキモチはやめてください。芙結さまの手当てが優先です」

　な、なんだか芭瑠くんと柏葉さんの関係ってよくわかんない。

　主従関係なら芭瑠くんのほうが上なはずだけど、どこか柏葉さんのほうが一枚うわてのような……。

「なら僕がやるから。芙結に触んないで」

「芙結さまのことになるとムキになってしまうのは昔から変わりませんね」

　すると、わたしのそばから柏葉さんが離れて、かわりに芭瑠くんが手当てをしてくれた。

　そして、ようやく落ち着いて話ができる空間が出来上がった。

「あ、あの……すみません。今この状況がまったく理解できてないのはわたしだけですか？」

　芭瑠くんと柏葉さんを見ながら言ってみる。

「柏葉がちゃんと説明しなかったせいで芙結が勘違いして脱走しちゃったからね」

「それはわたくしが悪いですが。芙結さまにお話もせずにいきなりベッドに押し倒す芭瑠さまもどうかと」

「何言ってんの。芙結はもう僕のものになったんだからいいでしょ」

「ちょ、ちょっと待って芭瑠くん！　あの、さっき言ってた結婚の話って……ホント、なの？」

　まだ半信半疑で信じられない。

　でも、それをすべて跳ね除けるように芭瑠くんは、はっきりと言った。

「もちろん、芙結は僕と結婚するんだよ」

　どうやらこれは覆らないみたいで。

　いったいどういう流れでこうなったのか、柏葉さんがしっかり説明をしてくれた。

　芭瑠くんがわたしの前からいなくなってしまった理由は話してもらえなかったけれど。

　小さい頃に約束したことを律儀にも守ろうとしてくれて、わたしが18歳になった誕生日に迎えにいくとずっと前から決めていたらしい。

　わたしの両親は芭瑠くんに何度も頭を下げられ、とうとう根負けしてオーケーを出したらしい──。

　……って、娘の結婚をそんな感じで承諾しちゃっていいものなの？

　軽すぎないかなぁ……。

「あとは芙結さまのお気持ちの問題です」

「えっ……き、気持ちって」

「芭瑠さまとご結婚されるお気持ちがあるかどうかです」

　そ、そんな。いきなりすぎるんだってば……！

　そりゃ芭瑠くんのことはずっと想っていたし、いつか会えたらって、迎えにくる約束が守られたらいいのに……とは思っていたけど。

　今日久しぶりに再会して、いきなり結婚って話が進みすぎじゃないかな……!?

「えっと、ちょっといろいろ一気に起こりすぎて整理ができてなくて……」

　芭瑠くんと再会できたことは嬉しいし、これからも少しずつ一緒の時間を過ごしていきたいとは思うけど。

「それもそうですね。あまり急かして答えを出していただくのも芙結さまのご負担かと思いますし……」

　柏葉さんは少し考える仕草を見せる。

　すると、何かを思いついたのかポンッと手を叩いた。

「それでは、先に一緒に同居してみるのはどうでしょうか？」

　そ、それってわたしと芭瑠くんが一緒に住むってこと!?

「え、えっと……」

「とは言っても、芙結さまが今日からここに住むことはもう決まっているのですが……」

　考える隙を与えてくれないから、話のスピードにまった

くついていけない!!

「わ、わたし今日からここに住むんですか!?」

「はい。ご両親の許可もいただいております」

　な、なんでわたしの知らないところで、こんなに話がとんとん拍子に進んでるの!?

　少しはわたしに話してくれてもよかったんじゃないの!?

　すると、ずっと黙っていた芭瑠くんが口を開いた。

「離れてた時間が長かった分、これからずっと芙結のそばにいたいと思うから。やり方が少し強引かもしれないけど、受け入れてくれる？」

　柏葉さんがいるっていうのに、芭瑠くんはお構いなしで迫ってくる。

「これから先、僕は芙結なしじゃ生きていけないよ」

「っ……」

　そんな言い方をするのはずるい……っ。

　もし、今ここで断って、またわたしの前から芭瑠くんがいなくなってしまうのは嫌だ。

　で、でも、これから一緒に住むなんて……っ。

「ただ、芙結には僕のそばにいてほしいから」

　ねだるような瞳で見られたらノーと言えなくなる。

「……ダメ？」

　ぜったいダメって言わせないような聞き方。

「ぅ……、ダメ……じゃない、です」

　これから先を考えられるほど余裕がないわたしが取る選択は、この一択しかない。

　わたしがそう言うと、芭瑠くんはとても嬉しそうに優し
く笑った。

　そして、腕を引かれてそのまま抱きしめながら……。

「これから、とことん甘やかしてあげるから」

　耳元で甘くささやいた──。

王子様と同居スタート。

あれから数時間が過ぎて時刻は夜の7時。

結局、芭瑠くんのお願いを断れずに勢いで同居すること
を決めてしまったけれど。

「えっと、芭瑠くん？」

「なに？」

「そ、そろそろわたし自分の部屋に行きたいなぁって」

「どうして？　僕は芙結のそばにいたいのに」

あれから芭瑠くんは、ずっとわたしにベッタリ引っついた
まま。

今は芭瑠くんの部屋のソファでゆっくりしているところ
だけど、その間も抱きしめたまま離れてくれない。

いちおう、わたしの部屋も用意されていると柏葉さんが
説明してくれたけど芭瑠くんが必要ないって。

「ってか、芙結の部屋はここでいいじゃん」

「それじゃ芭瑠くんの邪魔になっちゃうし……」

「邪魔なんて思うわけないよ。むしろ、いつでも芙結の顔
が見たいし」

「うぅ、でも……っ」

甘すぎる芭瑠くんに攻められたら、やっぱりノーとは言
えなくなる。

結局、わたしが生活する場所は芭瑠くんの部屋になって
しまい……早くもわたしの荷物が部屋の中に運ばれた。

　い、いつの間にこれをわたしの家から運び出したのって仕事の速さに驚く。

「あー、そういえば着替えないとね。このままだと苦しいでしょ？」

「あっ、うん」

　芭瑠くんの家に来てから着せてもらったワンピースは、まだ着たまま。

　結局どうして着替えさせられて、髪もメイクもしてもらったんだろ？

　思ったことをそのまま聞いてみたら。

「芙結を迎えに行って、プロポーズするならせっかくだから可愛いドレスでも着てもらおうかと思ってね」

「え……えぇ!?」

　あまり聞き慣れない単語に思わず動揺（どうよう）する。

「それに、今日は芙結の誕生日でもあるし、僕の誕生日でもあるからね」

「僕の誕生日……？」

「あれ、知らなかった？　僕と芙結、誕生日一緒なんだよ？」

「えっ、そ、そうなの!?」

　じゃあ、芭瑠くんも今日お誕生日ってこと!?

「うん、そう。今日で18歳になった。だから芙結を迎えに来たんだけどなあ」

　誕生日が同じなんて運命的……とか思っちゃう単純さ。

「ずっと……この日が来ることだけを待ってたんだよ」

　芭瑠くんの両手がわたしの脇（わき）の下にするりと入ってき

て、そのまま身体を軽々と持ち上げられた。

「ほんと……ますます可愛くなったね」

　そして、芭瑠くんの膝の上に乗せられて、少し下に目線を落とせば目がしっかり合うし距離も近い。

　わたしの頬に芭瑠くんの大きな手がスッと触れる。

　余裕な芭瑠くんと、余裕がないわたし。

「こんな近くで芙結を感じられるなんて、いま僕死んでもいいくらいかも」

「そ、そんな大げさだよ……っ」

「大げさじゃないよ。それくらい、僕にとって芙結は手放せない存在なの」

　まるで会えなかった、そばにいなかった時間を埋めるように、わたしに触れて甘い言葉をかけてくる。

「芙結は僕に会えなくてさびしくなかったの？」

「さ、さびしかった……よ。ずっと、芭瑠くんのこと待ってた……もん」

　これは嘘じゃないから。

　心のどこかでいつも、芭瑠くんが約束を覚えていたらいいのにって。

「たくさん待たせちゃってごめんね。これからは存分に可愛がってあげるから」

　フッと笑ったと同時に、何かがシュルッとほどかれる音がした。

「えっ……あっ」

　首の後ろで結ばれていたワンピースのリボンがほどかれ

て、焦って声をあげる。

　おまけに、後ろにあるファスナーがジーッと下ろされる音がする。

「……っ、な、何して……」

　ストップをかけようとするけど、芭瑠くんの手は止まってくれない。

「ねぇ、芙結？」

「な、なに……っ？」

　相変わらず笑顔を崩さないまま、愛おしそうにこちらを見てくる。

「……このワンピース僕が選んだんだけど、気に入ってくれた？」

「あっ、そ、そうなの？　すごく可愛いなぁって思ったよ」

　こんな状況なのに、ワンピースのことを言われて少し拍子抜けする。

「そっか、ならよかった。芙結に似合うだろうなって選んだから」

　芭瑠くんの手は変わらず止まらなくて、ファスナーがぜんぶ下りてしまった。

「ひぇ……っ、わっ……」

　芭瑠くんの指先がゆっくり背中をなぞってくる。

　びっくりした反動で、芭瑠くんの肩に置いていた手に少し力が入る。

「あと、これを選んだ理由はね」

「……っ？」

片方の口角を上げて、イジワルそうに笑いながら。
「──脱がしやすいから」
　色っぽい、艶っぽい表情。
　わたしが知らない間に、こんなに大人っぽくなって、こんな慣れた手つきで触れてくるなんて。
「それに、ここに触れるのも簡単だし？」
「ひぇっ……ど、どこ触って……っ」
　スリットが入ったところから、スッと芭瑠くんの手が入ってくる。
　太もものあたりを、大きな手のひらが下から上になぞるように触れてくる。
「どこ触ってるか口に出していいんだ？」
「やだ……っ、イジワルしないで……っ」
「そんな可愛い顔して。逆に煽ってるって気づいてる？」
「あお、る……？」
　よく意味がわからないので首を傾げると。
「そう──僕の理性をどんどん崩してんの」
「り、せい……？」
「芙結が可愛い顔して僕のこと見たり、可愛い声で反応されちゃうとね、我慢できなくなるってこと」
　平然とした顔で、甘いことばっかり言ってくるのずるいよ……っ。
「もっと芙結の可愛いところ見たくなるなあ」
「……んっ、それ……やだ」
　耳たぶに芭瑠くんの唇があたって、そのままカプッと甘

噛みされて身体がビクつく。

　背中をなぞる指先と、太もものあたりをじっくりなぞるように触れる手と、耳を甘く噛んでくる唇と……。

「ん……やぁ……っ」

　甘くて痺れるような感覚に襲われて、身体の力がふわっと抜けていく。

「……やだって言うわりに身体反応してるの気づいてる？」

　この状況を愉しむように動きを止めてくれない。

　耐えきれなくなって、身体の力がグタッと抜けて目の前にいる芭瑠くんにすべてをあずける。

「ぅ……もう、無理だよ……っ」

　これ以上されたら自分がどうなるのかわかんない。

　なのに、芭瑠くんは全然止まってくれない。

「んー、じゃあ……あと少しだけね」

　今度は首筋にキスが落ちてくる。

「……んっ、まっ……」

　触れただけかと思ったら、舌で軽く舐められて身体がピクッと跳ねる。

　な、何これ……っ。なんかゾワッてなるし、ますます力が抜けていく。

「……はぁ、やわらかいね芙結の肌って」

「は、る……くん」

「病みつきになりそう」

「ん……っ」

　一瞬チクッと痛くて、首元を強く吸われたような感じが

して……そのあとチュッと音を立てて唇が離れた。

「……あー、やっぱ芙結は肌が白いからすごく綺麗に紅く残ってる」

　自分の唇を舌でペロッと舐めながら、満足そうに笑う顔にかなりドキッとした。

「これ、隠しちゃダメだよ？」

「か、隠すって……？」

「わかんなかったらそのままにしておけばいいよ」

　首元に何かしたのかな？

　少しだけ痛かったけど、それは関係してるのかなぁ？

　よく理解できないまま固まっていると。

「そーだ。ついでにこのまま着替えよっか」

「えっ、ちょっと……」

　このままワンピースを脱がされてしまったら、とても恥ずかしいことになってしまう……！

　体型に自信があるわけじゃないから、こんな明るいところで芭瑠くんに見られるのはぜったい無理……っ!!

　あわてて抵抗しようとすれば。

「失礼いたします。ご夕食の準備が整いましたので、そこでストップしていただけますか？」

「……また来たの柏葉。キミって、つくづく邪魔をするのが得意だね」

　えっ、ま、また柏葉さんいつの間に!?

　気づいたらソファの真横に立ってるし!!

「芙結さまが戸惑われておりますし、これ以上芭瑠さまが

暴走してしまうのを見過ごすわけにはいきませんので」

「僕の芙結なんだから柏葉にはカンケーないんじゃない？」

　若干不満そうな芭瑠くん。

「いえ、芙結さまをお守りするのもわたくしの務めでございますので」

「守るって誰から」

「芭瑠さまからです」

「へぇ、僕から」

「はい。芙結さまを目の前にしますと芭瑠さまはご自分を見失われてしまうので」

「ずいぶん人聞きの悪いこと言うね」

「もう少しご自分を抑えなければ、芙結さまに嫌われてしまいますよ？」

　やっぱりこのふたりの関係っていまいち謎。

　見えない火花が飛び散ってるように見える。

「芙結に嫌われるのは無理」

「でしたら、芙結さまのペースも考えてあげてください」

　やっぱり年齢が柏葉さんのほうが上なだけあって、対応が大人。

　きっと小さい頃から芭瑠くんのお世話をしている人だから、芭瑠くんの扱いもよく慣れてるのかな。

「芙結さま」

「は、はいっ」

　いきなり名前を呼ばれてびっくりしたせいで、勢いよく返事をしてしまった。

「何かありましたら、いつでもわたくしを呼んでください
ね。芭瑠さまは暴走されると手におえませんので」

「えっ、あっ、えと……」

　返事に詰まっていると、芭瑠くんがすかさず自分が着て
いるジャケットを脱いでわたしに着せてきた。

「ってか、柏葉いったん部屋から出て行ってくれる？　僕
の可愛い芙結をこれ以上見せたくないんだけど」

　はっ、そうだ……！

　芭瑠くんにワンピースを脱がされかけているせいで、な
かなか際（きわ）どい格好になっちゃってる……。

「そうですか。では着替えがすみましたらダイニングルー
ムまでいらしてください」

　そう言うと、柏葉さんはササッと部屋から出て行った。

「あ、そうだ。芙結の服は別の部屋に用意してあるから好
きなの着るといいよ」

「別の部屋？」

　えっ、服ってクローゼットとかに入っているものじゃな
いの？

「ついておいで。芙結に似合うと思う服をたくさん用意し
てあるから」

　そう言って寝室を出ると、またしても部屋の中に別の部
屋があり、そこの扉が開けられて中を見てびっくり。

　思わず目が点になってしまうくらい。

　部屋の広さは、さっきの寝室に比べたら小さいけれど、
問題はそこじゃなくて。

「な、なんでこんなにたくさん……」

　部屋中に可愛い服や靴、カバンやその他にもアクセサリーや小物がたくさん。

　どこかのお店を丸ごと買い取ったような驚愕（きょうがく）の光景。

　部屋がクローゼットになってる。

「これぜんぶ芙結のだよ」

「わ、わたしの!?　こ、こんなに悪いよ!!」

　どう見ても高そうな物ばかりだし、わたしだけにこんなお金をかけてもらうなんて申し訳ないよ。

「何が悪いの？　僕は可愛い芙結が喜んでくれたらそれでいいのに」

「で、でも……」

「これは僕からの誕生日プレゼント。可愛い芙結ならきっとどれも似合うだろうから」

　誕生日プレゼントって規模じゃないよ！

　いったい、これだけ揃えるのにいくらかかって……。

「こんなに受け取れないよ」

　きちんとお金を払いたいけど、これだけの数と高そうな物ばかりだとわたしが払える額じゃなさそう。

「もしかして気に入ったものなかった？」

「そ、そういうわけじゃなくて！」

「あっ、ほら。これなんか芙結に似合いそうだね。着てごらん？」

「えっ、ちょっ……」

　たくさんある服の中から白のニットワンピースを手に取

り、わたしの身体にあてる。

　全身がよく見えるように、鏡（かがみ）の前に立たされて。

「やっぱり芙結は白とかピンクの可愛い服が似合うね。とりあえずこれにしようか」

　結局、芭瑠くんに言われるがまま渡されたものに着替えることに。

　さっきのワンピースより丈が短くて、膝より上くらい。

　袖（そで）のところがリボンで結ばれていて、肩より少し下にさげて着るオフショルダーのワンピース。

　着替えの間、芭瑠くんはここから出てソファがある部屋で待ってくれている。

「着替え終わった？」

　慣れない格好にまだ戸惑いがあるせいで、扉からひょこっと顔を出して中を覗き込む。

「どうしたの？　早くこっちおいで？」

　ソファに座って手招きしてくるから、ゆっくり近づいていく。

「あの……これ、変じゃない……かな」

　こんなに可愛いデザインの服、わたしなんかが着ていいのかなって思っちゃう。

　似合ってなかったらどうしよう。

「変じゃないよ。むしろ芙結のほうが可愛すぎて服が負けてるかな」

「そ、そんなことないよ！」

「芙結って自分の可愛さに疎（うと）いんだね。まあ、そこも可愛

いけど」

　腕を引かれて、そのまま頬にチュッとキスをされた。

　そして、食事をするために部屋を出てダイニングルームとやらに連れて行ってもらったんだけど……。

　ここもまた異次元の世界というか、ドラマでしか見たことないくらいの、とても大きな横長のテーブル。

　ザッと見ても10人以上は座れるくらい。

「ここのテーブルだと芙結と離れちゃうから、別のテーブル用意してもらってるから」

「は、はぁ……」

　どうやらここがメインのテーブルらしく、さらに奥に進むと少し小さい……と言っても、普通の一般家庭にあるテーブルよりは大きい物が用意されていた。

　メイドさんが椅子を引いてくれて、無事に席に着いたのはいいけど……。

　すごく緊張しすぎて、ごはんが喉を通るような気がしない……！

　というか、わたしが食べられるもの出てくるのか心配になる。

　昔から食べ物の好き嫌いが多くて、偏食気味だから普段あまり外食とかはしない。

　コース料理とかは食べられないものがぜったい含まれているし、料理の中に嫌いなものがひとつでも入っていると除けちゃうし……。

　テーブルの上にはすでにグラスが置かれていて、メイドさんがお水を注いでくれる。

　まるで高級なレストランに食べにきたみたい……。

　メイドさん5人くらいがテーブルから少し離れたところに立っていて、芭瑠くんのそばに柏葉さんが立っている。

　すると、正面に座る芭瑠くんが首を傾げてわたしを見た。

「どうかした？　気分悪い？」

「えっ、あっ……ちょっと雰囲気に緊張しちゃって」

「もっとラクにしていいよ。自分の家だと思ってくれれば」

　クスッと笑う芭瑠くんは、やっぱり余裕があってこの雰囲気に合ってる。

　……わたしだけ浮いてる感が否めないよ。

　そして料理がどんどん運ばれてきた。

　豪華すぎるディナー……。

　しかもびっくりしたことに、わたしが食べられないものが出てこない。

　不思議に思っていると、柏葉さんがこっそり「芙結さまの好き嫌いは把握しておりますので」と言われて納得。

　そこまでリサーチずみって、すごすぎない……？

　食事を進める中で、少しだけ気になったことがあった。

「あの、芭瑠くん？」

「ん、どうかした？」

「その、芭瑠くんのご両親って……」

　今ここに芭瑠くんのご両親はいない。

　お屋敷の中で姿を見かけていないし。

「あー、僕の両親は基本海外だからね」

「か、海外？」

「うん、そう。父親が会社を経営してるから。その関係で海外にいることが多いかな。会社は日本にあるけど。母親もついていってるから日本に残ってるのは僕だけ」

　会社を経営してるって、つまり社長さん……ってことだよね？

「ご両親と一緒にいられなくてさびしかったりしないの？」

「んー……。まあ、ずっといないわけじゃないし、時間あるときは帰ってくるし。電話もくれるから」

「そ、そっか」

　芭瑠くんはお金持ちだとは思っていたけど、まさかお父さんが社長さんだなんて。

　まさに本物の御曹司。

　そうなると、将来お父さんの会社を継いだりするのかな。

　なんだか急に芭瑠くんが遠い世界の人のように感じてしまった。

　それと少しだけ不安になった。

　もしかしたら、また……わたしの前から突然いなくなってしまうのではないかと——。

　ディナーを終えたあと誕生日のお祝いでケーキも用意してくれて芭瑠くんとふたり、部屋でゆっくり食べた。

　そして、お風呂をすませてようやく寝る時間。

　壁にかかる時計を見ると夜の11時。

　今日1日いろいろありすぎて疲れたせいか、うとうと眠くなってくる。

　今座っているソファがやわらかくて、このまま身体を倒して寝てしまいたいくらい。

「もう眠い？」

「ん……」

　隣に座る芭瑠くんがわたしの肩を優しく抱き寄せてきたので、そのまま身体をぜんぶあずける。

「じゃあ、そろそろ寝よっか」

　ふわっと芭瑠くんの腕によって抱き上げられる。

　そして、奥の寝室に連れて行かれてベッドに下ろされた。

「ここ、芭瑠くんのベッドじゃないの……？」

　眠くて目を擦りながら聞いてみる。

「うん。僕のベッドだよ」

「じゃあ、わたしここに寝ちゃいけないんじゃ……」

「芙結はここで寝ていいんだよ」

「でも、それじゃ芭瑠くんの場所が……」

「僕もここで寝るし」

「え……？」

　腕をゆっくり引かれて、わたしの身体を包み込むようにベッドに倒れた。

「えっ、あっ……えっと」

　こ、これは逆に眠れなくなっちゃう。

　さっきまで眠かったのに、ドキドキして急に目が覚めてきちゃったよぉ……。

「眠るときも芙結を離したくないからね」

「そ、そんな……っ。心臓破裂しちゃいそう……だよ」

「どうして？」

　ふふっと笑いながら声のトーンが何やら愉しそう。

「こんなに、芭瑠くんが近くにいたら、その……ドキドキしちゃう……からっ」

　心臓の音すごいし、ぜったい芭瑠くんにも聞こえちゃってる。

「……顔上げてごらん」

「やだ、よ……っ」

　ぜったい真っ赤だもん。

　見なくてもわかる……もん。

　でも、芭瑠くんの両手がわたしの両頬を包んで無理やり上げさせるから。

「……あーあ、そんな可愛い顔して」

「み、見ちゃダメ……っ」

　部屋は暗いけれど、ベッドのそばにある薄暗い灯りがあるせいで、真っ赤なのがバレちゃう。

「こんな可愛い顔を見られるのは僕限定だよね」

　頬にあった手が、今度は口元に移動して指先でジワリと唇をなぞってくる。

「まさか——他の男に見せたりしてない？」

「そんな……わたしのことなんて誰も興味ないもん」

「それはないよ。芙結は自分の可愛さもっと自覚して？」

「可愛くないもん」

　ムッと唇を尖らせて見つめるけど全然効果はなくて。

「僕が可愛いって言ってるのに。そんなこと言う口は塞いじゃうよ……？」

　唇に親指をグッと押しつけてくる。

「無抵抗……とかさ。ほんと何されても文句言えないね」

　ゆっくり唇にある親指が離れて、それを今度は芭瑠くん自身の唇にあてる仕草がとても色っぽい。

「たまんないなあ……。僕の腕の中に無抵抗の芙結がいるなんて」

　頬に軽くキスが落とされる。

「唇にしたいけど今日は我慢かな」

　さっきまで眠れるわけないと思っていたのに、睡魔には勝てそうになくて、かなり強い眠気に襲われる。

　まぶたが重くなって、意識が飛んでしまう寸前。

　再度わたしをギュッと抱きしめながら……。

「ほんとはめちゃくちゃにしたいけど……ね」

　そんな声が薄っすら聞こえて、ゆっくりまぶたを閉じた。

新しい環境と甘い日常。

　ここ数日間の朝、目が覚めるのはスマホのアラームではなく、大きな窓から入ってくる光。

　眠っていた意識から、目元にまぶしいくらいの光が当たりまぶたを開ける。

　少しクラッとして枕に顔を埋める。

「んん……ねむ……っ」

　光から逃げるように、窓とは反対側に身体の向きをくるりと変える。

　すると、そちら側にはスヤスヤ気持ちよさそうに眠る芭瑠くんの綺麗な寝顔。

　衝撃の同居生活がスタートして早くも5日が過ぎた。

　同居が始まった日から芭瑠くんと同じベッドで眠ると、なぜかそれがそのまま続いて今も変わらず。

　ただ、芭瑠くんに抱きしめられて眠るのはすごく好き。

　心地がよくて、安心して眠りに落ちることができるから。

　再会したばかりの初恋の人と、いきなりこんな展開になるなんて少し前じゃ考えられない。

　まだ春休みということで、ほぼ毎日わたしのそばにいてくれる芭瑠くん。

　起きてから寝るまで、ずっと一緒だし。

　長い時間、離れるのはお風呂のときくらい。

　ただ、お風呂まで一緒に入ろうって言われて、さすがに

あわてて断ったけども。

　毎晩、必ず一緒にベッドに入って抱きしめてくれて、お
まけに腕枕までしてくれる。

　そして今、少しだけ芭瑠くんと身体が離れているのが
ちょっぴりさびしい。

　眠っているのをいいことに、自分からギュッと抱きつい
てみた。

　反応がないかと思いきや。

「……朝から大胆だね」

「へ……っ？」

　嬉しそうな声が聞こえたと同時に、同じくらいの力で
ギュウッと抱きしめ返されてびっくり。

「寝込み襲おうとしてたの？」

「なっ、ち、ちが……っ」

　ただギュッてしただけなのに、なんでそんなふうに思わ
れちゃってるの……！

「じゃあ、今度は僕が襲っちゃおうかな」

　ま、まずい……！

　芭瑠くんの危ないスイッチが入ったような気がする。

「は、はるく……ひぇっ」

　待ってほしくて、制止の声をかけようとしたのに先に芭
瑠くんの手が動いてしまった。

「やだ……そんなところ触らないで……っ」

「……そんなところって？」

　服の中にするりと手を入れて、直接肌に触れてくる。

　背中のあたりをなぞってくるせいでゾクゾクするし、変な感覚になっちゃう。

　離れようにも身体は密着したままだし、芭瑠くんの手は止まってくれない。

「あの……、……んっ」

「そんな可愛い声出して」

　寝起きの芭瑠くんは全然加減を知らない。

　クスクスと笑って、わたしの反応を愉しみながら手はどんどん上のほうに触れていく。

　そして、ある場所で動きがピタッと止まった。

　すると、耳元に顔を近づけて、そっとささやいてきた。

「……ねぇ、これ外したらどうなっちゃう？」

「っ……、ダメ、ぜったいにダメ……っ」

　今にも芭瑠くんの親指と人差し指が、パチンッとその部分を外してしまいそう。

「へぇ……。ダメって言われるとやりたくなっちゃうね」

「じゃあ、ダメじゃ……ない、です……」

「それは誘ってるの？」

「ち、ちが……っ」

「ダメじゃないって言ってるくせに？」

「それは芭瑠くんがダメって言ったらやりたくなっちゃうって言うから……っ」

　お願いだから早く服の中から手抜いてよぉ……っ。

　モゾモゾ動こうとしても身動き取れないし……。

「可愛すぎるね……。今すぐめちゃくちゃに抱きつぶした

くなっちゃうくらい」

「だ、だきつぶ……す？」

　えっ、なんだかすごい恐ろしい感じの単語が聞こえてきたんだけど……っ！

「あっ、指先が滑っちゃった」

「へ……っ、きゃっ……」

　ぜ、ぜったいわざとだ……っ。

　パチンッと外れて、胸の締めつけがゆるくなったと同時。

「このまま続きする？」

「は、芭瑠くんのバカァァァ……っ!!」

　わたしの叫びが部屋中に響いた。

　あれからしばらくして芭瑠くんの暴走がようやく収まり朝ごはんを食べ終えたところ。

　芭瑠くんは悪いことをしたと思っていないのか、にこにこ笑ったまま。

　そんな芭瑠くんをジーッと睨む。

「あれ、どうしたの。せっかくの可愛い顔が台無しだよ？」

「むぅ……。芭瑠くんのバカ……」

「まだ気にしてる？」

「気にしてる！」

　わたしにとってはかなりの大事件なんだから！

「じゃあ、そのおわびは今日の夜にってことで」

「おわびって？」

「もちろん、たくさん甘やかしてあげるってことだよ？」

　言葉ではわたしのためと言っているように聞こえるけど、実際は芭瑠くんが愉しみたいだけじゃないの!?

　すると、この会話を横で聞いていた柏葉さんがゴホンッと咳払い（せきばらい）をひとつ。

「お取り込み中のところ申し訳ないのですが、そろそろ準備をしていただかないと始業式に遅刻（ちこく）してしまいます」

　始業式……？　遅刻？

　そ、そういえば……今日っていったい何日？

　スマホで画面をタップしてみたら、表示された日にちは4月7日。

　はっ、そうだ！

　今日から学校始まるじゃん!!

　こんな呑気（のんき）に朝ごはんを食べている場合じゃない!!

　あわてて椅子から立ち上がり、部屋に戻って着替えようとしたんだけども。

「あ、あれ……わたしの制服はどこに」

　そういえば、芭瑠くんの家に引っ越してきてから自分の制服を見ていないような……。

「ご安心ください。きちんとご用意させていただいております」

　柏葉さんにそう言われて、よかったぁとホッとしたのもつかの間。

「こちらでございます」

「あっ、ありがとうございま──って、これどこの制服ですか!?」

　ハンガーにかけられた、まったく見覚えのない制服。

「芭瑠さまが通われている学校の制服でございます」

「あっ、つまりこれは芭瑠くんのですか？」

「いえ、こちら女性ものですので芭瑠さまにはあまりお似合いにならないかと」

「柏葉なかなかひどいこと言うね」

「事実ですので」

　えっ、なんでふたりともこんな冷静にわけのわからない会話しちゃってるの……!?

「じゃ、じゃあ、この制服はいったい……」

「これは芙結のだよ？」

「えっ、だってわたしの通ってた学校の制服と違うし……」

「うん、そうだね。だって芙結は今日から僕の通う学校に転入するわけだから」

「テン、ニュウ……？」

「もう手続きはすませてあるから安心して？」

「え……えぇ!?」

　驚いてばかりのまま……。

「さあ、どうぞ。学校までお送りいたします」

　柏葉さんが車のドアを開けて、にこにこ笑っている。

　結局あれから転入はもう決まったことだからと言われ、流されて制服を着てしまった。

　ここの学校といえば、お金持ちで頭がよくないと通えないと噂されるかなりの名門校。

　制服のデザインはかなり可愛くて、白の丸襟《まるえり》に赤のリボン。薄い茶色のチェック柄のワンピースにボレロ。

　ま、まさか自分がこの学校の制服を着ることになるなんて信じられない。

　緊張したまま車に乗り込むと、そのあとに制服姿の芭瑠くんが乗って隣に座る。

　ってか、なんでこうもわたしが知らないところで淡々《たんたん》といろいろ決まってるの……!?

　なんかこれ、同居が始まった日にも同じことを思ったような気がするんだけど!

「それでは出発いたしますね」

　そもそもなんで車で通学なの……。

　隣に座る芭瑠くんをジーッと見ていると。

「どうかした?　構ってほしくなっちゃった?」

　なんて言いながら、わたしの髪に指を絡めてくる。

「ち、ちがぅ!　転入なんて聞いてないよぉ……」

「だって、芙結には僕のそばにいてほしいし?」

　だからってここまでやってしまうのか、お金持ち。

　わたしも芭瑠くんのそばにはいたいけど、少しは相談してくれてもいいんじゃないのって思う。

　同居も転入も、わたしには何ひとつ知らされることなく進んじゃってるし。

「でも……不安だよ……」

　いきなり学校が変わって、自分が転入生になるなんて。

　新しい環境で学校生活を送らなきゃいけないんだから。

「あー、そうだよね。その指輪どうしようか」

「は、はい??」

　えっ、なんかわたしが不安に思っていること勘違いしてない!?

　ってか、指輪って!?

　すると、芭瑠くんの手がわたしの左手に伸びてきた。

「これ、さすがにしたままだと騒がれそうだし」

　あっ、そういうことか。

　まだ結婚してないとはいえ、同居が始まった日に指輪をもらって、今も薬指にはめたままなのを忘れていた。

　たしかに、このまま学校に行くのはかなりまずい。

　ちなみに芭瑠くんも左手薬指に指輪をはめたまま。

「まあ、僕は別にこのままでもいいけど」

「それはダメ！　周りから変なふうに誤解されちゃうし」

「誤解って？　別に僕と芙結は結婚するんだから問題ないでしょ」

「やっ、だから……！」

　すると、この会話を聞いていた柏葉さんがすかさずフォローに入ってくれた。

「さすがにそのままはよろしくないかと。チェーンか何かに通してネックレスとして持ち歩くのはいかがでしょう」

「あー、それいいかも」

　こうして指輪をいったん外し、ネックレスにしてもらうことになった。

「それでは本日中に完成するようにしておきますね」

　そして、気づけば車が停止していた。

　窓から外を見れば、どうやら学校に着いたみたい。

　柏葉さんによって車の扉が開けられ、地面にトンッと足をつく。

「では、お気をつけて。いってらっしゃいませ」

　柏葉さんにそう言われて芭瑠くんが門をくぐろうとするので、あわてて後ろについていく。

「あっ、せっかくだからこうしよーか」

「えっ……ええ!?」

　片手を取られて、そのまま手を繋がれる。

　周りにはたくさん人がいるし、みんなこっち見てるし！

　とくに女の子たちがすごく見ていて、なんだか騒がしいというか、いろんな声が聞こえてくる。

　「今日も栗原くんかっこいい〜」とか「リアル王子様は目の保養だよね」とか「わたしも栗原くんの隣歩きた〜い！」とか……。

　芭瑠くんが歩き進めると、周りのざわめきがどんどん大きくなっていく。

　こんな注目を浴びてる人の横を歩いているのがいたたまれないよぉ……っ。

「芙結？　どうかした？」

「えっ、あっ……いや、すごくいろんな人に見られて騒がれてるなぁ……と」

「あぁ。いつものことだから気にしなくていいよ」

　い、いつものこと。

　なるほど、芭瑠くんにとってこの光景は日常茶飯事というわけですか。

　これってもしかして、なんでイケメンの隣にあんなブスがいるのって思われるパターンじゃない？

　ただでさえ自分に自信がないのに、そんなこと言われちゃったらへこむよ……。

　門から校舎までの道のりが異常に遠く感じて、ようやく校舎の中に入り芭瑠くんに職員室まで案内してもらった。

「いちおう担任の水原先生には僕と芙結が知り合いってことは伝えてあるから」

「う、うん」

「何かあれば僕でもいいし、柏葉に連絡すればすぐに来るから。まあ、僕と同じクラスにしてもらってるから問題ないと思うけど」

　芭瑠くんと同じクラスと聞いて少しホッとした反面、そんなことできちゃうのって心の中で思う。

「じゃあ、僕はもう教室に行かなきゃいけないから」

　とか言いながら、さっきから繋いだままの手を離してくれない。

「あの、行かないと遅刻しちゃうんじゃ……」

「うん。でも芙結と離れたくない」

　毎日一緒にいるのに、いつもこの調子。

「同じクラスだからまた会えるよ？」

「……ん、そうだね」

　まだ若干不満そう。

　こうしている間にも時間は過ぎてしまうので、わたしは職員室へ、芭瑠くんは渋々教室へ向かっていった。

　それから担任の水原先生に挨拶をして、教室まで連れて行ってもらうことになった。

　水原先生は優しそうな女性の先生で、見た目からして歳は30代くらい。

「この時期に転入なんて大変だったわよね」

「あっ、そうですね」

　教室に向かう廊下の途中で水原先生と軽く話をする。

「転入ってこの学校ではかなり珍しいケースだから、先生方もびっくりされていたわ〜」

「め、珍しいと言いますと……？」

「ここは県内でもトップレベルの学力を持つ子ばかりが集まっているの。だから、転入の場合は前の学校でかなりの学力がないと厳しいと言われていてね」

「は、はぁ……」

　いきなり学力という名の壁にぶち当たりそう……。

「そんな厳しい中で転入してきた白花さんは相当すごい子なんじゃないかって職員室では朝からその話題で持ちきりなのよ〜」

　な、なんてこった。

　そんな絶大に期待されても困る、かなり困る。

　前の学校ではそれなりに勉強して、テストでは常に上位を取っていたけれど、あくまでそれは校内だけの話。

この学校でそれが通用する気がまったくしない……。

「しかも、栗原くんの推薦って聞いてるからね～」

「あの、芦瑠く──じゃなかった、栗原くんはやっぱりこの学校ですごいんですか？」

　聞かなくても十分わかっているつもりだったけど。

「えぇ、もちろん。すごいどころじゃないわね～。学年で成績は常にトップで優秀だし。クラスメイトからは人気あるし、先生たちからの信頼もとても厚いし」

　えぇ……そんなすごい人の隣にいるのがわたしなんかでいいの？

　なんだかどんどん不安になっていく。

「やっぱり栗原くんはすごいんですね……」

「えぇ。だから白花さんも期待してるからね」

「そ、そんなそんな……」

　お願いだから、過度な期待はやめてほしい。

　期待してもガッカリさせるだけだろうし。

「またそんな謙遜しちゃって」

「ほ、ほんとにわたしは全然ですから」

　なんて会話をしていたら教室に着いたみたい。

　3年1組……か。

　水原先生から聞いた話だと、学年で1組から7組まであるらしく成績上位から1組になるそう。

　つまり、このクラスは学校の中でも特にエリート集団ってこと……だよね？

「何か不安なことがあったらいつでも気軽に相談してくれ

て大丈夫だからね？」

「あ、ありがとうございます」

　絶望的な状況の中、とりあえず水原先生が教室に入り、そのあと中に入るよう促された。

　緊張して喉がゴクッと鳴る。

　教室の中に足を踏み入れて、水原先生がわたしの紹介をしてくれた。

　教室全体を見渡すと、男の子の割合が多く見える。

　女の子はあまりいないのかな。

　若干、教室の中がざわついたような気がするし、みんなこっちを見て何か話してるし。

「それじゃあ……、白花さんの席は栗原くんの隣にしましょうか」

　真ん中の列のいちばん後ろ。

　芭瑠くんの隣は見事に空いていた。

　なんとか無事に着席して、思わず息をはぁ……と吐いた。

　この環境でちゃんとやっていけるのかなぁ……。

　勉強もそうだし、友達もできそうにないし、クラスで浮きそうな予感しかしない。

　ガクッと落ち込んでいたら、芭瑠くんが心配そうな声で話しかけてくれた。

「どうしたの、大丈夫？」

「うん……なんかいろいろ不安で」

　先が思いやられるって、まさにこういうことを言うんだろうな……。

　今までわたしが過ごしてきた環境と違いすぎて、ついていくのが大変そう。

　すると、芭瑠くんの前に座る男の子がこっちを向いた。

　わたしから見ると斜め前に座っている。

「あー、もしかしてキミが噂の芙結ちゃん？」

　う、噂の芙結ちゃんって、いったい誰に噂されてるの。

　すると、芭瑠くんがすかさず割って入ってきた。

「佳月は誰の許可とって僕の芙結に話しかけてんの？」

　顔はにこにこ笑っているけれど、口調が怒っているような気がする。

「えー、誰の許可がいんの？」

「僕の許可いるでしょ」

「嫉妬心丸出し男はモテないぞ」

「うざ……」

　芭瑠くんのお友達……かな。

　たしか"佳月"って呼ばれていたような。

「あ、俺は御堂佳月ね。芭瑠とは小さい頃からの仲でね、付き合い長いの。腐れ縁ってやつ？」

「みどう、かづき……くん」

　自己紹介をしてくれた佳月くんは、芭瑠くんと同じくらい見た目がとてもかっこいい。

　髪色は暗めで、爽やかそうな感じ。

　芭瑠くんみたいな王子様っぽいルックス。

　しかも、このクラスにいるということは、かなり頭がいいだろうし。

　おまけに見た目までハイスペックなんて。

　やっぱりイケメンの周りにはイケメンしか集まらないのかなぁ。

「これからクラスメイトとしてよろしくね、芙結ちゃん？」

　すごく明るくて気さくで話しやすい佳月くん。

「あっ、こちらこそよろしくね」

　にこにこしている佳月くんとは対照的に、芭瑠くんはなぜか仏頂面。

「芭瑠～顔怖いぞ～。なんだなんだ、ヤキモチか？」

「……今すぐそのネクタイで首絞めてあげようか」

「わーお。俺そんなプレイは好きじゃないなあ」

　こ、このふたりの雰囲気すごく独特すぎる。

　そんなこんなで、いったん体育館へ移動になり始業式が行われた。

　午前中は始業式や先生からの連絡、プリントの配布等であっという間に終わり、迎えたお昼休み。

　柏葉さんが用意してくれたお弁当を机の上に広げる。

　芭瑠くんは職員室に用事があるみたいでいないし、佳月くんもいない。

　はぁぁぁ……知り合いがいないってかなり心細いよ。

　ひとりでお弁当か……と、落ち込んで食べ始めようとしたとき。

「ねぇねぇ!!」

　いきなり前の席の椅子を引いて、わたしの前に現れた可

愛らしい女の子。

　頭の上の位置でポニーテールをして幼い顔立ちで、とても可愛い雰囲気。

「白花芙結ちゃんって名前可愛いね！」

「へ……っ？」

「見た目もすごーく可愛いし!!」

「い、いや、そんな……」

　あなたのほうが可愛いですよって胸の中で思う。

「ぜひ、お友達になりたいと思って！」

　お、おぉ……っ！　かなり不安だった友達問題が解決しそうな予感がする！

「あっ、わたしでよければぜひ！」

　こうして一緒にお昼を食べることになった。

　名前は高梨詩ちゃんというらしく、名前まで可愛い。

　なんとか無事に女の子の友達ができてよかったぁとホッとして、そのあと午後の2時間だけあった授業も終わり、お屋敷に帰宅。

　帰るときはもちろん芭瑠くんと一緒で、柏葉さんが車で迎えにきてくれた。

　時間が過ぎるのは早く、あっという間に夜の9時。

　わたしは今日あった授業の復習も兼ねて、もらったばかりの教材をテーブルに広げて勉強中。

　ちなみにわたしの隣には、ちゃっかり芭瑠くんが座っている。

「新しい学校生活はどうだった？」

「なんとか大丈夫そう……かな。仲良くできそうな女の子の友達もできたし、それに芭瑠くんのお友達の佳月くんもいい人そうだし」

　シャープペンを握り、ルーズリーフにまとめていると。

「……ねぇ、芙結。いま僕すごく怒ってる」

「んえ？」

　手を強く引かれたせいで、握っていたシャープペンが離れてテーブルの上に落ちる。

「あーあ、すごく嫌だ、怒った」

「え、えぇ!?　ど、どうして？」

　今の会話で芭瑠くんを怒らせる要素があったかなと、必死に頭を悩ませるけど浮かばない。

　しかも、怒ってるって言う割に、わたしの手を握ったかと思えば自分の頬にすり寄せて甘えてくるし。

「佳月は御堂って名前なんだけど」

「うん、知ってるよ？」

「それじゃ"御堂くん"でいいじゃん」

　なんでいきなり佳月くんの名前の話をするんだろう？

　しかも、名前をものすごく強調されたような。

「佳月のことそんな親しげに呼ぶ意味がわかんない」

「え、あ……芭瑠くんが佳月くんのこと下の名前で呼んでるから、つい……」

　どうやら機嫌が悪い原因は、わたしが佳月くんって呼んでいるからみたい。

「芙結に下の名前で呼ばれるのは僕だけでいいじゃん」

　むにっと頬を軽く引っ張られる。

「い、いひゃいよ、ひゃるくん……」

「僕だけにしてくれないとやだ」

　あっ、拗ねてる。

　いつも大人っていうか、子供っぽい面をあまり見せないからこれは貴重かも。

　でも、あんまり機嫌を損ねちゃうのもダメだし。

「じゃあ、芭瑠くんだけにする……ね？」

「ほんと？」

「うん。佳月くんのことは御堂くんって呼ぶことにする」

　これで満足してくれるなら全然いいし、むしろ芭瑠くんが怒っちゃうほうが嫌だ。

　すると、首元に冷たい何かが触れた。

「これ、今日出来上がったみたいだから」

「あっ、今朝話してた指輪？」

　リングがシルバーのチェーンに通されて、ネックレスとして持ち歩けるようになったみたい。

「そう。これなら制服から見えないようにしておけば身につけることもできるし」

　芭瑠くんも同じように自分の指輪をネックレスにして首にかけていた。

　ちなみに、昔もらった桜のネックレスは今アクセサリーボックスに大切にしまってある。

「……本音を言うなら芙結は僕のだって周りに見せつけた

いんだけどね」

「そ、そんなことしたら芭瑠くんのファンの子たちに叩かれちゃうよ」

　詩ちゃんに聞いた話だと、芭瑠くんの学校での人気はかなりすごいらしく、ファンと呼ばれる子がいるくらい。

「僕のファン？　そんなのいるわけないよ」

　芭瑠くんって自分のことに関心なさすぎじゃない？

　モテてるって自覚ないのかなぁ。

「たくさんいるって詩ちゃんが言ってたもん。それに芭瑠くんかっこいいから」

「それなら芙結だってそうじゃない？」

「え、わたし？」

「芙結がクラスに入ってきたとき、大半の男たちが芙結のこと可愛いって言ってたし、狙ってる感じだった」

「ええ、たぶんそれ気のせいだよ！」

　誰もわたしのことなんて興味ないもん。

「気のせいじゃないって。芙結の可愛いところはぜんぶ僕だけのものなのに」

　さらっとドキドキさせることを言ってくるから、心臓がいくつあっても足りない。

「だから気をつけるんだよ。男はみんなオオカミだと思うことね」

「オオカミ、なの？」

「そう、可愛い子を狙う悪いオオカミ」

「は、芭瑠くんも？」

　男はみんなって言ったから。

　芭瑠くんも男の子だし、オオカミなのかな。

「……んー。まあ、ときどきオオカミ」

「ときどき……」

「芙結があんまり可愛いとガブッて食べちゃうかも」

「えぇっ……」

「……めちゃくちゃ甘くて止まらなくなりそう」

　結局このあと、芭瑠くんに勉強を教えてもらって、いつもと変わらず芭瑠くんの腕の中で眠りに落ちた。

第2章

甘やかされて尽くされて。

　芭瑠くんの家で生活を始めて、あと少しで2ヶ月が過ぎようとしていた5月の下旬。

　家族に顔を見せるため、週に一度くらい自分の家に帰ったりもしている。

　新しい学校で、はじめての中間テストがあり、めちゃくちゃ勉強したおかげで、なんとか上位の成績を取ることができた。

　芭瑠くんに勉強を見てもらいながら、すごく苦戦したけれど、つまずかないでなんとか終えてホッとした。

　そして今日は、頑張ったご褒美ということで芭瑠くんがスイーツバイキングへ連れて行ってくれることに。

「うわぁぁぁ、芭瑠くん見て！　ケーキがこんなにたくさんあるよっ」

　全種類を制覇する勢いで食べたいけど、ブクブクのダルマみたいに太っちゃったらどうしよう。

　うぅ……っ。でも食べたいし、テスト頑張ったし。

　スイーツの誘惑には勝てない。

「芙結は甘いもの好きなの？」

「うんっ、ケーキとか大好きっ」

　お皿を手に持ちながら、どのケーキを取ろうか悩んでいると。

「そんなに好きならこれくらい用意してあげるのに」

「え?」

　用意とはいったい。

「店ごと買い占めれば家でもバイキングみたいにできる
じゃん」

　か、買い占めるって。

　その発想がそもそもお金持ちすぎるんだってば。

「そんなことしたらお金かかっちゃうし、ぜんぶ食べきれ
ないからもったいないよ!」

　きちんと言っておかないと、芭瑠くんのことだから本気
でやっちゃいそうだし。

「芙結が喜んでくれるなら準備するのに」

「ここに連れて来てもらえただけですごく嬉しいよ!」

　こうしてケーキをお皿に取って、さっき店員さんに案内
されたテーブルのほうへ。

「芭瑠くんは本当にそれだけでいいの?」

「うん。あんま甘いの得意じゃないし」

　大きめのお皿に、ちょこんとひとつだけのっている
ショートケーキ。それとブラックコーヒー。

「甘いの苦手だったのに付き合わせちゃってごめんね」

「ん、いいよ。芙結が好きならいくらでも付き合うよ」

　にこっと笑いながら、ブラックコーヒーを飲む姿ですら
様になってる。

　今も周りにいる女の子たちが目をキラキラさせて芭瑠く
んのこと見てるし。

　そりゃ、かっこいいし、どこ行っても注目されちゃうの

は仕方ないけど。

　取ってきたケーキをパクパク食べながら、正面に座っている芭瑠くんをジーッと見つめる。

　やっぱりすごくかっこいい。

　いま着てる白のニットだって、芭瑠くんだから似合うわけで。

　こんなに白が似合う王子様みたいな男の子は、芭瑠くんしかいないんじゃないかって思うもん。

「あ、口にクリームついてる」

「へ……っ？」

　ボケッとしていたら、芭瑠くんがクスクス笑いながら指を伸ばして。

「……ほんと芙結は何しても可愛いね」

「っ……！」

　唇の真横を──芭瑠くんの指が擦れた。

　その動作ひとつで心臓がバクバク動いて、思わず胸に手を当てる。

　そのまま自分の指についたクリームをペロッと舐める仕草がすごく色っぽいから困っちゃう……っ。

　あれからケーキを満足するまで食べたあと、駅の近くをぶらりと歩くことになった。

「わぁぁぁ、この服可愛いっ」

　駅周辺は可愛い服屋さんがたくさんあって、目に入るものぜんぶ欲しくなっちゃう。

　いま見ているのはベージュのワンピースで、袖のところが赤のリボンで結ばれているデザインがとっても可愛い。
「芙結が着たら可愛いだろうね」
　ワンピースがかかったハンガーを手に取り、わたしの身体にあてながら言う。
「でも、ベージュってちょっと大人っぽいかなぁ」
「そう？　芙結は何を着ても可愛いよ」
　またそんな可愛いって簡単に言ってくるから、ドキドキさせられっぱなし。
　芭瑠くんにとっての可愛いって、「うん」とか「そうだね」みたいな相づちなのって思っちゃう。
「ほら、これとかも似合いそう。服より芙結の可愛さが勝っちゃってるね」
　他にも２、３着選んでくれて、どれも可愛いけど買うのはちょっと高いしなぁ……。
　どれか１着だけ買おうかなって思うけど、どれにしようか迷っちゃう。
　悩んでいたら、店員さんが声をかけてくれた。
「よければ試着してくださいね〜？」
　芭瑠くんに少し待ってもらい、選んでもらった３着ぜんぶ試着してみた。
「ど、どう……かなっ」
　試着室から出るのがすごく恥ずかしくて、カーテンをギュッと握りながら聞いてみる。
　まずは自分が一目惚れしたベージュのワンピースを着て

みた。

「わぁぁぁ、お似合いですよっ！　やっぱり雰囲気が可愛らしいので甘めのワンピースが似合いますね！」

　店員さんはめちゃくちゃ褒めてくれるけど。

　気になるのは芭瑠くんの反応で。

「あの……変、かな」

　恐る恐る聞いてみたら、なぜか芭瑠くんが試着室に近づいて中に入ってきた。

「えっ、えぇ!?　なんで!?」

　そして、そのままカーテンを閉めてしまった。

　もしかしてそんな変な格好、人様に見せるんじゃないよって思われたとか!?

「……それ無理、ダメ」

「うぅ……、やっぱり似合ってない……っ？」

　どうやら芭瑠くんのお気に召さなかったみたい。

　シュンッと落ち込むと、上からため息が降ってきた。

「いや……死ぬほど似合ってる。可愛すぎて誰にも見せたくない……」

「えっ、ほ、ほんとに……っ？」

「こんな可愛い姿になるのは僕だけの前にして」

　芭瑠くんの可愛いの基準って、いまだによくわかんなかったり。

「うぅ……ぜんぶ買ってもらったのは申し訳ないよ」

　結局、芭瑠くんはわたしが選んだ服を含めてぜんぶ買っ

てくれた。

　もちろん全力で拒否したし、欲しいものは自分で買うって言ったのに全然聞いてくれない。

「なんで？　可愛い芙結にプレゼントしただけじゃん」

「もらってばかりで悪いよ……」

　お屋敷に帰ってから、わたしはずっとこのことばかり言ってる。

「テスト頑張ったご褒美ってことにすればいいのに」

「でも、いつも芭瑠くんにしてもらってばかりで……」

　自分で言うのもあれだけど、芭瑠くんはとてつもなくわたしに甘いと思う。

　欲しいものがあればぜんぶ買ってあげるとか言いかねないので、芭瑠くんの前ではあまりそういう話はしないようにしてる。

　もちろん、その気持ちが嫌なわけじゃないけど。

　いつも甘えちゃうのはダメだろうし。

「僕がしたいから勝手にしてるだけなのに？」

「そ、それは……っ」

「あっ、でも可愛い姿は僕だけの前にしてくれないとダメだよ？」

「そ、そういう問題じゃなくて……！」

「じゃあ、どういう問題？」

「お返しとか……できてないし」

　すると、芭瑠くんは考える仕草を見せたかと思えば、片方の口角を上げてニッと笑った。

「……それじゃ、僕にもご褒美くれる？」

　混乱している間に、芭瑠くんがわたしの身体を簡単に持ち上げた。

「わっ、ちょっ……」

「お返しは芙結でもらおうかな」

「ええ……っ」

　そのまま芭瑠くんが座る上に身体を下ろされてしまったので、これじゃわたしが芭瑠くんに襲いかかってるみたい。

「僕も最近いろいろ頑張ったんだけどな」

　クスッと笑って、横に流れる髪をすくいあげるように耳にかけてくる。

　そういえば、気のせいかもしれないけれど最近の芭瑠くんは少し疲れているように見える。

　もちろんわたしと過ごす時間を大切にしてくれるし、さびしいって思ったことはないけど。

　芭瑠くんはここじゃない、別の部屋によくこもって何かをしている。

　前に柏葉さんにお屋敷を案内してもらったときに聞いた、芭瑠くんの書斎のような部屋。

　わたしはまだ一度も入ったことがない。

　なんでも、芭瑠くんのお父さんが経営している会社関係の勉強をしているとか……。

　あまり詳しくは教えてくれない。

　深い仕組みはわからないけれど、芭瑠くんのお父さんが会社を経営しているということは、その会社を継ぐのは必

然的に芭瑠くんになる……のかな。

　そうなると、負担はぜったい大きいと思うしプレッシャーとかもあったりするのかな……。

　難しい世界のことは未知だから、わたしは芭瑠くんのために何もしてあげられない。

　なんだか少しモヤッとした。

　わたしの知らない芭瑠くんがいるような気がして。

　同時に自分の存在が、ちっぽけに感じてしまって。

　目の前にいる芭瑠くんにギュウッと抱きついた。

「……え、どーしたの？」

　いきなりのことにびっくりしたのか、声が上ずってる。

「芭瑠くん……疲れてるように見えたから……」

　この理由も本当だけれど、なんだか芭瑠くんが将来わたしとは違う世界にいってしまうんじゃないかって微かな不安がよぎったせい。

「疲れてたら癒してくれるの？」

「う、うん……」

　優しい声が耳元で聞こえてくる。

　背中をポンポンッとされて、これじゃわたしのほうが構ってもらってるみたい。

「……へぇ。じゃあ、どんなことしてくれるの？」

「どんなことって、わかん……ないから。は、芭瑠くんの好きにしてくれたらいいよ……っ」

　あれ、なんかすごく大胆なこと言ってるような気がする。

「……ほんとに好きにしちゃっていいの？」

　ゆっくり身体を離されて、下から覗き込むように見つめ
てくる。
「我慢とかできなくなっちゃうけど」
　唇を指でなぞって、顔を近づけてくる。
　お互いの距離がゼロになるまであと数センチ。
　芭瑠くんの動きがピタッと止まる。
　かなりの至近距離で目が合って、耐えられないからそら
したいと思うのに……そらせない。
「逃げないと、ここにしちゃうよ——キス」
　息がかかって、さらにドキドキ心臓の音が加速していく。
　恥ずかしさのあまり、どうしたらいいのかわかんなくて
芭瑠くんの服をギュッと握る。
「……逃げないってことは、僕の都合のいいように捉えて
いいの？」
　返事をする隙を与えてくれなくて。
「本気で嫌だったら逃げて——」
　唇にやわらかい感触が伝わった。
「ん……っ、……ぅ」
　触れただけなのに、身体にピリッと電気が走ったみたい
な感覚。
　最初は触れるだけだったのに、唇の感触をたしかめるよ
うな甘いキスに変わっていく。
「……はぁ、やば。甘すぎておかしくなりそう」
「ふぇ……っ」
　少し唇を離して余裕がなさそうな声で言って、また塞が

れた。

　今度はさっきよりも長くて、求めるように深くキスをしてくる。

「……んんっ」

「もっと……ちょーだい」

　どこで息をしたらいいのかタイミングもわからなくて、息苦しさに襲われる。

　濡れた唇が触れ合って、甘すぎてクラクラする……。

「もう……ダメ……っ」

「……ダメ？」

　唇が触れたまま、目が合って恥ずかしい……っ。

「息が……続かないの……っ」

「……それじゃ、これからもっと練習しないとね」

　わざとらしくリップ音を立てて唇が離れた。

　息が整わなくて、一気に酸素を取り込んで身体の力がぜんぶ抜ける。

「いーよ、身体ぜんぶ僕にあずけて」

　言われるがまま、すべてをあずける。

　なんだか頭がポーッとする。

「……ほんとなんでこんな可愛いの」

「……っ？」

「理性死にそう、無理……」

「し、死んじゃダメ、だよ……っ？」

　心配になって身体を少し離して芭瑠くんの顔を見る。

「んー……芙結の可愛さに死にそう」

「えぇ……っ」

「芙結の唇ってやわらかくて甘いね」

　そ、そうだ……っ。

　キス……しちゃったんだ。

　今さらとんでもない恥ずかしさに襲われて、顔がカァッと赤くなっていくのがわかる。

「キスしたの恥ずかしかった？」

「うぅ……っ、聞かないで……っ」

　キスって苦しいのに……想像していたよりも、ずっと甘いから。

「こんな可愛い顔、僕以外の男に見せちゃダメだから」

　最後にもう一度だけ、チュッと軽く触れるキスをされた。

「あの……っ、少しでも芭瑠くんの疲れ癒せた……かなっ？」

　ジッと見つめて聞いてみたら。

「……その顔反則だって。またしたくなったんだけど、どうしたらいいの」

「えぇ……っ」

「……これ以上したら芙結が倒れちゃいそうだから我慢するけど。でもすごく癒されたよ。疲れなんてどこかに吹っ飛んでいった」

「そ、そっか。それならよかった……っ」

　またギュッて抱きしめる力を強くされた。

「……僕は芙結のためだったら多少の無茶でもやり抜くつもりだから」

　この言葉の裏にどんな意味があるかなんて、深くは何も考えることができなかった。

「無理しちゃダメ……だよ？」

「んー、無理したときは芙結に癒してもらおうかな」

　芭瑠くんの甘さは止まることを知らない。

王子様は心配性。

中間テストから2週間くらいが過ぎた6月中旬。

「うぅ……なんか頭が痛い……っ」

ようやく学校生活も慣れてきた頃だっていうのに、身体の調子がすぐれない。

「芙結ちゃん大丈夫!?」

休み時間、詩ちゃんが心配そうな顔をしてわたしの席まで来てくれた。

「ん……なんか疲れが出たのかな」

「疲れ?? 何か大変なこと抱えてるの!?」

「あっ、ううん……。そんな大変なことじゃないと思うんだけど……」

「わたしでよかったら聞くよ!」

詩ちゃん本当にいい子なんだよなぁ。

まだ仲良くして数ヶ月だけど、詩ちゃんの性格が人懐っこくて話しやすいから、前よりだいぶ仲良くなった気分。

「はっ、もしかして恋の悩みとか!?」

「コイ……恋!?」

「わぁぁぁ!! 今の芙結ちゃんのリアクションからしてぜったいそうじゃん!!」

すごい気になるって顔で見てくる。

詩ちゃんなら、芭瑠くんとのこと話してもいいかな。

それに、恋愛なんて何もわかんないから、いろいろ相談

に乗ってもらえると助かるしなぁ。

　体調がそんなによくないので簡単に話すことに。

　昔、芭瑠くんと仲が良くて好きだったこと。

　そこから芭瑠くんがいなくなって、つい最近わたしを迎えにきたこと。

　そして一緒に暮らしていることも。

　すべて話し終えると、詩ちゃんは目をキラキラ輝かせていた。

「うわぁぁぁ、なんてロマンチックなの！　王子様とお姫様じゃん！」

「そ、そうかな……っ」

「まさか、この学園の王子様って呼ばれている栗原くんの好きな人が芙結ちゃんだったなんて！　でも、芙結ちゃん可愛いから納得って感じだよ～」

「えっ、待って待って。芭瑠くんはわたしのこと好きじゃない……と思う」

　そもそも結婚してと言われたけど、芭瑠くんの気持ちをきちんと聞いていないし……。

「えぇ、ぜったい好きだよ!!　好きだから何年も前の約束ちゃんと守って迎えにきてくれたんだよ！」

「でも、再会してからは好きって言われてないし……」

　可愛いとか、芙結は僕のとかは言ってくれるけど。

　よくよく考えてみたら、それってまずいんじゃないかって不安になってきた。

　好きと結婚って別なのかな……。

　それとも我慢して昔の約束を守ろうとしているだけ……
とか。
「いやいや！　栗原くんといえば、モテるけどぜったい彼
女作らないって有名だよ？　たぶん本命がいるんじゃない
かって噂が流れてるくらいだもん」
「本命……」
「それが芙結ちゃんなんだよ！　好きじゃない子をそばに
置いたりしないよ〜」
　しかも、わたしもわたしで好きとかちゃんと伝えていな
いのに、キスとかしちゃってるし……。
　幼い頃好きだった気持ちがあったのはたしかで、そこか
ら何年も経って芭瑠くんが現れて。
　いきなり結婚とか言われて最初は戸惑ったし、気持ちの
整理もつかなくて曖昧なまま。
　だけど、ここ数ヶ月の間、芭瑠くんのそばにいて嫌な思
いをしたことはないし、むしろそばにいてくれるほうが安
心して、想う気持ちが強くなっていくばかり。
　だから、離れたくないし手放したくない……って。
　でも、そもそも芭瑠くんはわたしのじゃない……。
　なんかいろいろ考えていたら、頭がグルグルしてボーッ
としてきた。

　そのまま授業をなんとか乗り越えて、お屋敷に帰宅。
　やっぱり体調がよくないせいか食事は喉を通らないし、
何もやる気が起きなくて、ただひたすら身体がだるい。

　芭瑠くんや柏葉さんメイドさんたちも、みんな心配して
くれている。

　まだ夜の９時だっていうのに、もうすでにベッドに寝転
んでうとうとしてる。

　芭瑠くんは晩ごはんを食べ終えてから、しばらく書斎に
いるって言ってたっけ……。

　何かあれば柏葉さんをすぐ呼ぶようにって。

「ん……なんかやっぱりだるい、かな」

　柏葉さんに頼んで、体温計を持ってきてもらった。

「失礼いたします」

「あっ……ごめんなさい。ご迷惑おかけして」

「いえいえ。それより芙結さまの体調のほうが心配です。
大丈夫ですか？」

「なんか身体がだるくて、関節も痛いような気がして」

　ボーッとする意識の中、体温計を脇に挟み音が鳴るのを
待つ。

「……そうですか。もしかしたら風邪をひかれてしまった
かもしれませんね。今日は早めに寝ていただいて、明日ま
だ体調がすぐれなければ学校はお休みいたしましょう」

「ぅ……すみません」

　結局、熱を測ってみたら37度で微熱。

　そこまで高くなかったので、とりあえず今日はこのまま
寝ることに。

　部屋を暗くするけどなんだか眠れない。

　頭がガンガン痛むし、喉も少し痛いし、くしゃみも止ま

らない。

　それに、ひとりで眠るベッドが広く感じてさびしい。

　いつも当たり前のように芭瑠くんが抱きしめて寝てくれるのに。

　まだ何かやってるのかな……忙しいのかな。

　邪魔しちゃいけないから、わがまま言っちゃダメって自分に言い聞かせる。

　ギュッと目をつぶって、早く意識を飛ばしたいのに芭瑠くんがそばにいないだけで、なかなか眠れない。

　目を擦って、枕元に置いてあるスマホで時間を確認しようとしたとき。

　寝室の扉がゆっくり、ガチャリと開く音がした。

「はる……くん？」

　ボソッと呼んだけど、静かすぎるこの空間には十分なくらいの声の大きさだった。

「……あれ、まだ起きてたの？」

　声を聞いたらやっぱり芭瑠くんだ。

　ギシッとベッドがきしむ音がして、芭瑠くんがベッドに乗ったのがわかる。

　そして、すぐにわたしを抱きしめた。

「……どーしたの？　眠れない？」

「……ん、芭瑠くんがいない……から」

「僕がいないと寝れないの？」

「うん……」

「可愛いね」

　なんだか声が嬉しそう。

　芭瑠くんがそばにいるとわかった途端、安心したのか眠気がドッと襲いかかってくる。

「いろいろやってたら遅くなっちゃったから」

「いろいろ……って？」

「……芙結は知らなくていいこと。内緒」

　かくしごと……してるのかな。

　内緒なんて。どうして教えてくれないの……？

　頭の中でそう思うのに、それは声として出てこない。

　身体の力がグダッと抜けて、意識が飛んでいきそうになる寸前。

「……なんか芙結の身体熱くない？」

　急に心配そうな声が降ってきた。

「熱い……かな」

「いつもよりだいぶ熱い気がする」

　いつも……って。そんな微妙な変化でも、すぐに気づいてくれるなんて。

「どうして、わかるの……？」

「そりゃ、毎晩抱きしめてるから」

　おでこにスッと芭瑠くんの冷たい手が当てられて、ひんやりして気持ちいい。

「芙結の変化なら、ささいなことでもすぐわかるよ」

　その直後、唇に軽くチュッとキスをされた。

「……唇まで熱いね」

「ん……っ、はるくんの唇、冷たくて気持ちいい」

　熱が上がってきているせいか、思考が麻痺（まひ）して思ったことを簡単に口にしてしまう。

「……んじゃ、もっとする？」

「する……っ」

　もっと芭瑠くんをそばに感じたくて、冗談まじりの誘いに乗ってみる。

「……そこは断んなきゃダメでしょ」

「ぅ……」

　どうやら本気ではないみたいで。

「ほら、ちゃんと寝ないと」

「そばにいてくれないとやだ……っ」

　今だったら少しのわがままも許されるんじゃないかと思って、子供みたいに駄々（だだ）をこねてみる。

「……ちゃんとそばにいるよ」

　ギュウッて強く抱きしめてくれて、わたしが落ち着くように背中もポンポンしてくれる。

「いい子だからちゃんと寝ようね」

「うん……」

　おでこにそっとキスが落ちてきて。

「……おやすみ、芙結」

　甘い声が聞こえて、その日の夜は意識を手放した。

　そして迎えた翌朝。

　芭瑠くんの腕の中でとてもよく眠れたけれど、結局体調がかなり悪化してしまった。

　昨日まで微熱気味だった熱も上がってしまい38度を超えていた。

　もちろん、こんな体調で学校には行けないので、お休みすることに。

　本来だと柏葉さんがわたしの看病（かんびょう）をしてくれるはずだったんだけど。

「おかゆ食べられそう？」

　とっても心配性な芭瑠くんはわたしを置いて学校には行けないと言い出して、まさかの休んで看病をしてくれることに。

　午前中はほぼ眠っていたけど、そのときもずっと手を繋いだままそばにいてくれた優しい芭瑠くん。

　そして今ようやくお昼になって、おかゆを食べることに。

「身体起こすのだるくない？」

「ん……、だいじょうぶ」

　芭瑠くんがすかさず背中に腕を回してくれて、重くてだるい身体を起こすのを手伝ってくれる。

　至（いた）れり尽（つ）くせり……。

「おかゆ無理だったら、ゼリーとかアイスとか果物（くだもの）も買ってきてもらったけど」

「おかゆ……食べる」

　食欲はそんなに落ちていないみたいで、普通にお腹は少し減ってる感じ。

「ひとりで食べられる？」

「うん……。ありがとう」

　おわんとレンゲを受け取り、ふうふう冷ましながら食べ進める。

　その間も芭瑠くんはわたしから目を離さない。

　というか、すごく心配そうな顔ばかりしてる。

「はぁ……。芙結がつらそうにしてるの見てたら僕が代わってあげたくなる」

「そんなこと言ったらダメだよ。芭瑠くんには元気でいてほしいもん……」

　風邪が移るかもしれないのに、わたしのそばからぜったい離れないし……。

　本当に移っちゃったらどうしよう。

「僕も芙結には元気でいてほしいから。やっぱ僕に移すしかないじゃん」

　ま、またそんなこと言って。

　冗談で言ってるように見えて、芭瑠くんのことだから本気でそう思ってるかもしれない。

「ダメなの……っ。ちゃんと寝て治すから……」

　こうして、おかゆを完食。

　そのあとリンゴとオレンジを切ってもらい、少し食べたらお腹いっぱいになった。

「あとは薬飲んで寝ないとね」

　ギクッ……。

　テーブルに置かれた薬の入った箱とお水。

「く、薬やだ……っ、飲みたくない」

　子供みたいかもしれないけど、薬は本当に苦手。

うまく飲み込めないし、変な味するし。

「飲まないと治んないからダメ」

「や、やだ……っ」

「わがまま言わないで飲んで」

「うぅ……」

　いつもは芭瑠くんが甘いから折れてくれるのに、今はちっとも折れてくれない。

　だったらこっちだって負けないもん……。

「……どうしても嫌なの？」

「やだ……」

　意地でも飲まないよって目で訴えてみたら、大きなため息をついた。

「……じゃあ、仕方ないね」

　やっぱりわたしに甘い芭瑠くんが諦めてくれたのかと思いきや。

「ひとりで飲めないなら僕が飲ませてあげる」

「へ……っ？」

　あれ？　あれれ？

　飲まなくていいんじゃないの……!?

　しかも、芭瑠くんが飲ませるってどういうこと!?

「芙結は横になったままでいいよ」

「えっ、ちょっ……」

　にこっと笑った芭瑠くんが、わたしの上に覆い被さってきた。

　もちろん、錠剤とお水が入ったペットボトルを片手に。

「な、何するの……っ」

「薬を飲ませるんだよ」

　まさか力ずくで飲まそうとしてるんじゃ……。

　ボケッとしている間に、どんどん迫ってきて——。

「……少し口開けてごらん」

　芭瑠くんの指先が顎に添えられて、下唇を親指でなぞってくる。

　そのせいで少しだけ口が開いた状態で。

　目の前にいる芭瑠くんが、わたしが飲むはずの錠剤と水を口に含んだ。

　えっ、なんで芭瑠くんが飲んでるの……？

　ニッと口角を上げて笑った顔が近づいてきて、やわらかい唇が押しつけられた。

「……はる……く……っ」

　少し冷たい水が口の中に入ってくる。

　多すぎるくらいの水がこぼれて、口の端から流れていく。

「んっ……」

　息が苦しくて無理って意味を込めて首を横にふるふる振ってみるけど全然ダメ。

　少し口を閉じようとしたら無理やりこじあけて、中に舌が入ってくる。

「飲むまで離してあげない」

　こんなやり方イジワルだし甘すぎるよ……っ。

　息の仕方もわからなくて、ただどんどん酸素だけが奪われて、頭がボーッとしてくる。

　わたしはこんなにいっぱいいっぱいなのに、芭瑠くんは
余裕そうに角度を変えてキスを落としてくる。

「……早く飲まないとずっとこのままだね」

　少し唇を離して言ったかと思えば、またすぐに塞がれる。

「ん……っ」

　ついに限界が来て、ゴクッと飲み込んだ。

　それに気づいたのか、ようやく唇を離してもらえた。

「っ、……はぁっ……」

　身体の力がグダッと抜けた状態で酸素を取り込む。

　上から見下ろしてくる芭瑠くんの表情は相変わらず余裕
そうで、ゆっくりわたしの頰に手を伸ばしてくる。

「キスしたあとのその顔たまんないなぁ……」

「っ……？」

「潤んだ瞳に、紅潮した頰に、少し濡れてふっくらした唇
とか……。もうぜんぶが僕の理性を壊しにかかってる」

　前髪をクシャッとかきあげた。

　あっ……なんかこの仕草すごく色っぽい。

「……もっかいしたくなる」

「ダメ……だよ。風邪移っちゃうから」

　すぐに布団で口元を覆ってみた。

「僕に移せばいーじゃん」

「今、ちゃんとお薬飲んだもん」

「飲ませてもらったんだもんね」

「うっ、それ言わないで……っ」

　芭瑠くんって普段優しいのに、たまに強引……。

　でも、甘いからずるい……。

「じゃあ、あとはちゃんと寝ないとね」

　ベッドの上からどいて、そばから離れていこうとするから、とっさに芭瑠くんの服の裾をつかんだ。

「……なーに、この手」

　わかってるくせに、わざとらしく聞いてくる。

「どこ、行くの……っ？」

「さあ？」

　うぅ、イジワル芭瑠くんだ。

「そばにいてくれなきゃ、やだよ……っ」

　お願いってねだるように見つめたら、その言葉を待っていたと言わんばかりの顔をして、ニッと笑った。

「……そんな可愛いおねだりどこで覚えてきたの？」

「わかんない……」

「芙結は小悪魔さんだね」

「……？」

「天然で無自覚で可愛いとか……もう反則すぎ。……芙結のお願いとかぜったい断れない」

「優しい芭瑠くん……好き、だよ」

　あんまり深い意味はなかったけど、"好き"の２文字を簡単に口にしてしまった。

　キスもするし、こうやってギュッてしてくれるのに、わたしたちの関係にはっきりしたものが何もない。

　まるで恋人同士みたいなのに、お互い気持ちを伝え合っていないから。

　芭瑠くんは、わたしのことどう思ってる……のかな。

　頭の中でそんなことを考えるけど、睡魔のほうが勝って
しまって、まぶたが重い。

　ただ、わたしの気持ちは、ほぼ――。

「……僕のほうがこんなに好きなのに」

　まどろみの中でそんな声が聞こえた……。

王子様の独占欲。

「そうだっ、芙結ちゃん海に行こうっ!!」

「んえ?」

　ある日のお昼休み。

　一緒にお弁当を食べていた詩ちゃんがいきなりそんなことを提案してきた。

「海に行くの?」

「うんっ、わたしと芙結ちゃんふたりで!」

　気づけば季節はもう夏。

　今は7月の中旬で、もうすぐ学校は夏休みに入る。

「やっぱり夏といえば海だよ～。泳ぎたいし、海の家でかき氷とか食べたいし!」

「詩ちゃんと一緒なら楽しそうっ」

「もちろん!　芙結ちゃんを楽しませるために頑張るよ!」

　なんて、こんな会話をしていたら。

「そこの可愛いおふたりさん。海に遊びに行くの?」

「そうだよ～。あっ、よかったら御堂くんも一緒に行く?」

　なぜか佳月くん……じゃなかった、御堂くんが会話に入ってきて、詩ちゃんがさらっとお誘いしちゃってる。

「へー、いいの?　俺も行って」

「うんうん、全然いいよー!」

　わたしと詩ちゃんと御堂くん3人って、なんかすごい組み合わせのような。

「んじゃ、お前も行くよな、はーるくん？」

　ニヤニヤ笑いながら、わたしたちの会話を隣の席で聞いてる芭瑠くんに話を振った御堂くん。

「……何そのノリ。うざすぎ」

「わお、こわーい。んじゃ、俺だけ行ってもいーんだ？」

「……」

「海だもんなぁ。つまり可愛い水着姿とか見れちゃうわけだ。いいのかなー、可愛い芙結ちゃんが他の男に連れて行かれても」

　もしかして、芭瑠くんも一緒に行ってくれるのかな。

「……チッ、ほんと腹立つね。海の底に沈めてあげたいくらいだけど」

「はいはい、んじゃ芭瑠も参加ってことでよろしくね」

　こうして夏休みに入ってから4人で海に行くことが決まった。

「わぁぁぁ、海だぁぁぁ!!」

　そしてあっという間に夏休みに入り、予定どおり4人で海に遊びにきた。

　詩ちゃんは嬉しそうにはしゃいで、まだ水着にもなっていないのに海に入っちゃいそうな勢い。

「あわわっ、待って詩ちゃん！　着替えてからじゃないと濡れちゃうよ！」

　あわてて詩ちゃんの腕をつかんで止めていると。

　すぐそばで御堂くんが芭瑠くんの肩を組んで、何やら楽

しそうにしてる。

「いやー、いい天気。俺は今日という日のために生きてきたと言ってもいいくらいだなー。なんせ可愛い子ふたりの水着姿が……いてっ」

「……それ以上喋ったらケーサツ呼ぶけど」

「いや、マジの声のトーン怖いんだけど。つか、叩くことないじゃん？」

「今すぐ海底に沈めてあげよーか？」

「遠慮しときまーす」

　御堂くんはいつもと変わらないテンションだけど、芭瑠くんはなんだか少し不機嫌そう。

「じゃあ、着替えたらこのへん集合ね？　ふたりとも可愛いから変な男に捕まらないように気をつけるんだよ？」

　御堂くんがそう言うと、詩ちゃんが「可愛いのは芙結ちゃんだけだからわたしが守りまーす」なんて言って。

　いや、ってか詩ちゃんのほうが可愛いし、むしろわたしが守らなきゃいけない側なのに！

　こうして、着替えるために芭瑠くんたちといったん別れることに。

「うぅ……なんか緊張してきた」

「なんで！　芙結ちゃん可愛いしスタイルいいから自信持って大丈夫だよ！」

　水着なんて、ここ数年着てないような。

　そのせいで、まともな水着を持っていなかったのでつい最近、詩ちゃんに買い物に付き合ってもらった。

どんなものが流行ってるとか、いまいちわからないので、
詩ちゃんが選んでくれた。

……のはいいんだけど。

かなり肌の露出が多いっていうか……。

いや、水着だから当たり前なんだけども……っ！

「早く着替えないと御堂くんたち待ってるよ！　栗原くん
もぜったい可愛いって言ってくれるから大丈夫っ！」

恥ずかしがっていても埒があかないので、なんとか無事
に着替え終わったのはいいけど……。

「ひゃぁ、やっぱり芙結ちゃん似合う〜！」

「……やっ、詩ちゃんのほうが似合ってるよ」

ふたりでお揃いの色違いの水着を買った。

わたしが白で、詩ちゃんがピンク。

本当はワンピースみたいなデザインがよかったけど、詩
ちゃんがそんなのじゃダメ！って言うから……。

「芙結ちゃん細いからビキニ似合うね！」

「いや……っ、そんなことないよ……っ」

今まで着たことないから戸惑ってばかり。

ただ水着のデザインは本当に可愛くて、胸元にたくさん
花びらがついていて、下はスカートのタイプにした。

さすがにこれだけで歩くのは恥ずかしいので、水着と一
緒に買った白のラッシュガードを羽織る。

「さぁ！　いざ参ろう芙結姫！」

「芙結姫!?」

詩ちゃん、侍みたいになってるし、わけのわかんない呼

び方してくるし！

　びっくりしているわたしの手を引いて、ルンルン気分で詩ちゃんは海に向かっていく。

「今日いい天気になってよかったよね～」

「う、うん」

　周りにいる女の子はみんなスタイルがいいし、誰も自分のことなんて見てないってわかっているけど、なんだかいたたまれない。

　詩ちゃんは周りの目なんて気にせず、ラッシュガードも羽織らずに堂々と歩いてる。

　いや、まあ……詩ちゃん顔がかなり幼いのに、スタイルめちゃくちゃいいって、ギャップがすごいといいますか。

　そんな詩ちゃんの隣を歩くのがつらいといいますか。

　貧相（ひんそう）な身体でごめんなさいって感じだよ……。

「あー、男子ふたりはっけーん」

　もうすでに着替えを終えた芭瑠くんたちを詩ちゃんが見つけた。

「おっ、ふたりとも遅いから心配したよ？　変な男に捕まったりしなかった？」

「大丈夫だったよ～。ただ芙結ちゃんはいろんな人に見られてたけどね～」

　いや、それたぶん詩ちゃんを見てたんだし！

　それに、やっぱり無理すぎるよぉ……っ。

　こんな格好を芭瑠くんや御堂くんに見られるのが恥ずかしくて逃げ出したくなっちゃう。

「ってか、ふたりとも水着ちょー可愛いね。お揃いの色違いなんだ？」

「そうそう〜。……って、芙結ちゃんなんでわたしの後ろに隠れるの！」

「やっ、だって詩ちゃんスタイルいいから……っ」

詩ちゃんの後ろに隠れたけど、「ほーら、自信持って！」と言われて、身体を前に押されてしまう。

「芙結ちゃんも可愛いじゃん。な、芭瑠——って、お前ものすごいドス黒いオーラ出てるけど」

チラッと芭瑠くんを見ると、さっきよりも不機嫌さが増しているような……。

「お前、怖いって。目だけで人殺しそうじゃん」

「……嫉妬で気が狂いそうなんだけど」

「いや、お前もともとかなり狂ってない？」

「は？　今すぐ砂浜に埋められたいの？」

「芙結ちゃんが可愛くて他の男に見られるのが嫌で嫉妬してんのはわかるけどさー？」

「僕の芙結のこと気安く呼ばないでくれる？　ってか、あんま見ないでくれない？　殺意湧いてくるから」

「いや……だから平然と恐ろしいことを言うなって。しかも、お前ならやりかねないから余計恐怖なんだけど」

何を話してるのかなって芭瑠くんに目線を向けたら、バッチリ目が合った。

「はぁ……やっぱ無理、我慢できない」

「へ……っ？」

　片腕をつかまれて、そのまま海とは逆の方向へ。

　その様子を見ていた御堂くんが、やれやれという感じで「あんまぶっ飛んだことするなよー？」と言っていたのが聞こえた。

「あの、芭瑠く──きゃっ……」

　人混みから外れたところに連れて行かれ、ギュッて抱きしめられた。

　いつもと違って、お互いの素肌が直に触れ合っているせいでさらにドキドキしちゃう。

　しかも目のやり場にすごく困る……っ。

　芭瑠くんも上着を羽織っているけど、チラチラ身体が見えるから、どこに視点を合わせたらいいのかわかんない。

　普段服を着ているからあまりわからないけど、意外と筋肉質っていうか、すごくスタイルがよくて、まさに"いい身体"っていうか……。

　って、こんなこと考えてるなんて、わたし変態みたいじゃん……！

「無理なんだけど……その格好」

「えっ、あっ……似合ってない、かな」

　スタイル悪いくせに、そんなの着るなよって思われたのかもしれない。

　はっ、もしかして芭瑠くんの機嫌が悪いのもそれが原因とか……!?

「いや……死ぬほど似合ってる」

「えっ？」

「……他の男にぜったい見せたくないんだけど」

　ギュウッて、さらに力を強くして抱きしめてくる。

「誰もわたしのこと見てないよ……っ？」

「芙結のそーゆー鈍感なところ嫌い」

「き、嫌い……っ？」

　すごくショックで、声のトーンがあからさまに落ち込んじゃう。

　少し身体を離してもらって、控えめにシュンッとした顔で芭瑠くんを見つめる。

「……嘘、嫌いじゃない」

　ちょっと困ったような顔をしてる。

「ただ、お願いだから自覚して。芙結は誰が見ても可愛いんだってこと」

「そんな可愛くな――」

「それ以上喋ったら口塞ぐよ？」

「うっ……」

　顎に指が添えられてクイッと上げられた。

「……ってか、これ何？」

　空いている片方の手の指先で、ツーッとわたしの背中をなぞってくる。

「これは、水着……です」

「いや、それはわかるけど。僕が聞きたいのは、なんでこんな大胆なの着てるのってこと」

「詩ちゃんが、これくらいは普通だよって」

「普通じゃないし。……ほぼ下着じゃん」

「でも、みんな似たようなの着てるし」

「別に他の子はどーでもいいけど芙結はダメ。……僕ですらそんな格好あんま見たことないのに」

　すると、肌を撫でていた芭瑠くんの手が首筋のところでピタッと止まった。

「……しかもさ、こんなリボンひとつでほどけちゃうとか」

「ひぇっ……、ちょっ……」

　首の後ろで結んだリボンがシュルッとほどかれる音。

　あわてて芭瑠くんの身体にギュッとしがみつく。

「……危機感なさすぎ」

「ま、待って……っ」

「やだ。芙結が僕以外の男の前で可愛い格好してるから、お仕置き」

「そんな、イジワルしちゃ……やだ」

　なんとかして暴走を止めなきゃって思うのに、耳元でささやかれる甘い声のせいでクラクラしてくる。

　おまけに気温が高くてボーッとするし、ラッシュガードを羽織っているせいで余計に暑い。

　早く海に戻って冷たい水に浸かりたいなぁ……。

「海……行きたいよぉ」

「やだよ。そんな可愛い格好誰にも見せたくない」

「海の中に入っちゃえば見えないもん」

「入るまでどーすんの？」

「ラッシュガード羽織ってるから」

「んじゃ、こーするならいーよ」

　ラッシュガードのチャックを下から、いちばん上の首元までしっかりしめられた。

　それと、ほどいたリボンもしっかり結んでくれた。

「あと、ぜったい僕のそばから離れちゃダメだから」

　海のほうに戻ってみると、詩ちゃんが大きな浮き輪を借りて御堂くんと深いところにいるのが見える。

「わぁぁぁ、冷たくて気持ちよさそう……！　わたしも早く海に入りたいなぁ」

　"お願い"って目で芭瑠くんを見たら、渋々オーケーしてくれた。

　ラッシュガードを浜辺に置いて、海のほうに入っていく。

「ひゃぁ、冷たいっ！」

　お腹のあたりが浸かるところまで入ってみる。

　その間も手は繋いだまま。

「……もっとこっちおいで」

「えっ、うわっ……」

　少しでも離れたら、すぐに芭瑠くんのほうに抱き寄せられちゃう。

「そんなくっついてたら、みんなに見られちゃうよ！」

「誰も僕たちのことなんて見てないって」

　さっきわたしが似たようなこと言ったら、真逆のこと言ってたのに。

「ほーら、僕から離れちゃダメでしょ」

「ぅ……っ」

　動くたびに水がパシャパシャ跳ねて、おまけに素肌が触れ合うから心臓がバクバク。

　それからもう少し深いところまでいき、ついに足がつかなくなるところまで来てしまった。

「もうこれ以上はダメだよ！　足つかないから溺れちゃう」

　芭瑠くんの手をグイッと引く。

「じゃあ、僕が抱っこしてあげる」

「わっ、きゃっ！」

　腕を強く引かれて足がつかなくなったので、とっさに芭瑠くんの首筋に腕を回す。

「へぇ、芙結から抱きついてくるなんてね」

「これは、足がつかないからだもん！」

　すると、腰のあたりに芭瑠くんの腕が回ってきて、落ちないように抱っこしてくれる。

「お、重くない？」

「全然。むしろ軽すぎて心配」

　水の中だから多少軽くなってるとはいえ、重かったらどうしようって不安になっちゃう。

「軽すぎなんて、それは嘘だよ」

「なんで？　だってお腹とか全然じゃん」

「ひぇっ……ちょっ、なんで触るの！」

「芙結が嘘とか言うから」

　お腹を直接手で撫でられて、びっくりして手を動かしたせいでバシャッと水が跳ねる。

「そんな、触っちゃダメだよ……っ」

「何言ってんの。こんな大胆な格好してるくせに」

　抱っこされた状態で下に目線を落とすと、少し髪が濡れた色っぽい芭瑠くんが瞳に映る。

　すごくかっこいいから……ずっと見たくなっちゃう。

「可愛すぎなんだって……」

　唇が触れそうになる寸前——。

「おーい、そこのおふたりさん。何イチャイチャしてんのかなー？」

　こ、この声は御堂くん……!?

　パッと後ろを振り返ってみたら、少し遠くに御堂くんと詩ちゃんがいた。

　そしてわたしたちのところに来た。

「……最悪。いいところだったのに」

「ははっ、悪いね。いいところ邪魔しちゃって」

「……今すぐ溺れさせようか？」

「本気でやりそうな目で見るなよ」

　こうして４人でいったん海からあがり、海の家で軽くごはんを食べた。

　そのあとまた海に入って、楽しい時間を過ごした。

☆
☆
☆
☆

第3章

王子様のかくしごと。

　詩ちゃんたちと海に行ってから1週間くらいが過ぎて、まだ絶賛夏休み中。

　今わたしは広いテーブルでひとり、お昼を食べている。

　ここ最近、ほとんどこんな感じ。

　いつも一緒にいてくれる芭瑠くんは、夏休みに入ってからほぼ毎日、朝から夕方まで外に出ている。

　あまり深くは教えてくれないけど、お父さんの会社に行っているらしい。

　いつも夕方の6時前には帰ってくるけれど、どこか疲れている様子が見える。

　でも、わたしの前ではそういうのを見せないように無理しているような気がする。

　大丈夫？とか、無理してない？って聞いても、「心配しなくても大丈夫だよ」の一点張り。

「はぁ……」

「どうかされましたか？」

　無意識にため息をついてしまい、すかさず柏葉さんが声をかけてくれる。

「あっ、いえ……なんでもないです」

　すると、柏葉さんはエスパーみたいにわたしが思っていることを見事に読み取って。

「芭瑠さまがいらっしゃらないとさびしいですか？」

　優しく聞いてくれた。

「さびしい……です」

　こんなのわがままだから、芭瑠くんには言えない。

　シュンッと落ち込むと、柏葉さんは優しく笑いながら紅茶をスッと出してくれる。

「そうですよね。今は少し落ち着かない時期かもしれません。芭瑠さまもいろいろ苦戦されているようですし」

「大変なんですか……？」

「そうですね……。あまり深くは言えませんが、かなりお疲れになっているかと」

「そう……ですか……」

　それなら、ますますさびしいなんて言えない。

「ただ……今、芭瑠さまが頑張れているのは芙結さまがそばにいらっしゃるからだと思いますよ」

　気遣ってそういう言葉をかけてくれているのかな。

「そんなこと……」

「いえ。昔からそうです。芭瑠さまは芙結さまのためなら、どんな困難でも乗り越えてきました」

　わたしにはわからない世界の話。

　しょせん、わたしはただの一般家庭に生まれた子で、お金持ちの世界なんて何ひとつ知らない。

「きっと、芙結さまがさびしいとおっしゃれば、芭瑠さまは喜ぶのではないかと」

「わがままって思われないですか？」

「むしろ芙結さまに求めていただけるほうが嬉しいかと。

思ったことは素直に口に出してみてください」

　疲れてるうえに、わたしがさびしいなんて言ったら負担になるんじゃないかって思ったけど……。

　柏葉さんの言葉を少し信じてみようって思った。

　その日、いつもより少し遅くに芭瑠くんが帰ってきた。

　いちおう会社に行っているので、ピシッとしたスーツに、真っ白な清潔感のあるシャツに、ネクタイをしっかり締めている。

　容姿が大人っぽいから、とても高校生には見えない。

　……すごくかっこよくて、思わず見惚れてしまうほど。

「あっ、おかえりなさい」

　部屋に入ってきて、わたしの姿を見つけるとホッとした顔を見せた。

「……ただいま」

　しっかり締めていたネクタイをシュルッと緩める仕草がとても色っぽい。

　やっぱり疲れてるのかな。

　近くで顔を見ると、なんだか余計そう見える。

「はぁ……芙結不足で死にそう」

「お疲れさま」

　帰ってきたら真っ先にギュッてしてくれる。

「……芙結がいなかったらぜったい死んでる」

「ええっ」

　抱きしめられると、いつもとは違う香水の匂いがする。

　幼い頃と比べたら、芭瑠くんはすごく大人になってかっこよくなった。優しいのは前と変わらずだけど。

　……わたしは、ただなんとなく普通に生活を送って、何も変わってない。

　わたしが知らない世界に芭瑠くんがどんどん足を踏み入れていくから、なんだか置いてけぼりになりそうな不安がよぎる。

　ただ、わたしじゃ到底芭瑠くんのいる世界に追いつくことなんかできないわけで。

　……今はこうして一緒にいられるけど、これから先どうなるかなんてわかんない。

　不安だけが勝手に膨らんでいく。

「……ほんと冗談抜きで芙結がいるから頑張れるよ」

「頑張るって……何を？」

「まあ……いろいろ、ね」

　少し踏み込んで聞いても誤魔化されるばかり。

　結局、さびしいなんてわがままは言えなくて、あっという間に夜の11時。

　先に寝たほうがいいかな……と思ってベッドに入ったら、芭瑠くんも同じタイミングでベッドに入ってきた。

「……おやすみ、芙結」

「おやすみなさい……」

　やっぱり抱きしめてもらうと心地がよくて、すぐに眠りに落ちてしまう。

　ただ、これは芭瑠くんに抱きしめてもらっているからで。

他の人だったらぜったい無理だと思う。

　眠りについてから数時間。

「ん……」

　いつも寝たらぜったい目を覚まさないのに、なんでか今日は覚めてしまった。

　窓の外はまだ真っ暗。

　変な時間に起きちゃった……。

　同時にある違和感を覚えた。

　……あれ、なんでわたしひとりで寝てる……の？

　隣で一緒に眠っているはずの芭瑠くんの姿がなくて、夢かと思って目を擦った。

　何度瞬きしても芭瑠くんはいない。

　トイレ……かな。

　でも、わたしが寝ているところ以外はシーツが冷え切っていて温もりがない。

　……ということは、かなりの時間ここを離れていることになる。

　一緒にベッドに入ったはずなのに……なんでいないの？

　枕元にあるスマホを手に取って、時間を確認してみたら深夜の2時。

　こんな時間に、いったい何をしてるの……？

　気になって眠れなくなってしまった。

　寝室を出て、いつも一緒に過ごす部屋にも姿はない。

……ということは、もしかしたら書斎にいるのかな。

部屋から抜け出して、前に柏葉さんに教えてもらった芭瑠くんの書斎を探す。

たしか階段を上って、いちばん奥の部屋だったような。

足音を立てないように、目的の部屋にそっと近づいてみたら——。

書斎の扉が完全に閉まり切っていないみたいで、明かりが漏れている。

開いている扉から中を見た。

真っ先に飛び込んできたのは、机に向かっている芭瑠くんの背中。

こんな夜遅くまで何をしてるんだろう……？

すると、突然スマホの電子音が鳴って一瞬かなりドキリとした。

鳴ったのは芭瑠くんのスマホ。

こんな遅くに電話……？

すぐにスマホを手に取った芭瑠くんはその場から立ち上がり、電話の相手と何やら話をしている。

こそこそ隠れて内容を盗み聞きするなんてダメだってわかっているけど気になって仕方ない。

だけど、会話の内容は聞き取れなかった。

声が遠かったのもあったけど、かなり早口で流暢に英語で会話をしていたから。

たぶん、お父さんの会社関係の人……かな。

毎日、朝から夕方まで手がいっぱいなのに。

　まさかこんな深夜にもやっていたなんて知らなかった。

　これじゃ、ますますわがままなんて口にできない。

　そもそも芭瑠くんにとって、わたしはどんな存在なんだろう。

　芭瑠くんにはすごく大切にしてもらっているけど、実際わたしたちの関係って傍から見たら何になるの？

　少し前に気にしていた、関係の曖昧さがここにきてさらに不安を煽ってくる。

　誰よりも芭瑠くんの近くにいるはずなのに……。

　わたしは……芭瑠くんが抱えているものを、何ひとつ知らない――。

住む世界が違う王子様。

「えっ……な、何これ……」

「大丈夫。僕がそばにいるから安心して」

　突然ですがわたしは今、とある場所に連れてこられて唖然（あぜん）としている。

　というか、今すぐ逃げ出したい。

　首をグイーッと上げて、空まで突き抜けているんじゃないかってくらいの、目の前にそびえ立つ建物。

　普段まったく着ない、パーティーで着るようなドレスに、履き慣れていない細いヒールのパンプス。

　足元はグラグラで、立って歩くだけでも精いっぱい。

　一緒にいる芭瑠くんはボルドーカラーのベロア素材のスーツに身を包んで、黒の蝶（ちょう）ネクタイ。

　いつもよりしっかり髪もセットしている。

　そもそも、今わたしがどうしてこんな格好をしているのか、そしてどういう状況を迎えているのかというと……。

　遡（さかのぼ）ること2日前——。

　それは突然、夕食の時間に知らされた。

　気づけば長かった夏休みが終わり、季節は秋に突入した9月の中旬。

「あっ、そういえば、もうすぐ僕の父親が主催（しゅさい）するパーティーがあるから。芙結も出席してくれる？」

「……は、はい？」

　あまりにさらっと、とんでもないことを言われたような気がして、手に持っていたフォークを落としそうになった。

「毎年この時期……秋くらいにあるんだけど。それが今年もあるから、僕と一緒に参加してくれないかなって」

「やっ、えっと……パーティーって……」

　芭瑠くんの口から「パーティー」なんて聞いたら、とんでもない規模を想像しちゃう。

　めちゃくちゃ広い会場を貸し切って、ドレスを着た大人たちがワイングラス片手に、にこにこしながら——って、さすがにそれはドラマの見過ぎかな。

　いや、でもパーティーなんて現実味がないというか。

「別にそんな大規模なものじゃないから。僕の両親が芙結に会いたがってるのもあるし」

　芭瑠くんのご両親……。

　そういえば、会ったことないような。いや、もしかしたら小さい頃に会ったことあるのかな。

　柏葉さんの話だと、ご両親は芭瑠くんのことを心配してお屋敷に戻ってくることもあるみたいだけど、わたしは顔を合わせていない。

「えっと、芭瑠くんのご両親って今わたしがここに住んでることは知ってるの？」

「うん、もちろん」

「は、反対とかって……」

「してないよ。むしろ賛成してるんじゃない？」

「え?」

「……僕が芙結のそばにいられるなら何でもするって条件
出してるし」

　何でもするって?　条件って……?

　なんか引っかかったけど、そこからあまり深くは聞けず。

「当日は僕もいるし柏葉もいるから。何も不安になること
ないよ。芙結は僕の隣でにこにこしてればいいだけだから」

　そう言われても……。

　マナーとか何もわかっていないに等しいし、しかも芭瑠
くんのお父さんの会社のパーティーって。

　企業関係の人とかたくさん来る中で、わたしみたいな普
通の女子高生がいたら場違い感すごいじゃん……。

　そして迎えた今日。

　絶望と不安の気持ちを抱えたまま今に至る。

　想像していたよりかなり大きなホテルに連れてこられ
て、今すぐ帰りたい……。

「そんな不安そうな顔しないで?　芙結の隣には僕がいる
んだから」

　どうやら不安なのが顔にも出ていたのか、芭瑠くんが優
しく声をかけてくれる。

　おまけに、わたしの手をしっかり繋いでくれる。

「それじゃあ、いこっか」

　手を引かれて会場に足を踏み入れた。

　入ってみたら会場の広さに目が飛び出そうになるし、

やっぱり場違い感が否めないよぉ……。

　見渡す限り大人ばかり……というかスーツを着こなした企業関係の人が多くて、なんでわたしみたいなのがここにいるのって感じ。

「芙結？」

「……ひゃい」

「緊張してる？」

「してる……よ」

　芭瑠くんは慣れてるかもだけど、わたしはこんなところ初めてだから……！

「そんな緊張しなくていいのに。リラックスしていつもどおりでいいよ」

　そう言うと、芭瑠くんがテーブルに置かれた飲み物をひとつ取ってくれた。

　今回は立食ビュッフェみたいで、いろんな大人たちがグラスを片手に会話をしているのがちらほら見える。

「アルコールはダメだからジュースね」

「あっ、ありがとう……っ」

　オレンジジュースをもらって、緊張を落ち着かせるためにグビッと飲んでみる。

　うわ……、なんだこのオレンジジュース。

　果肉みたいなの入ってない？

　まさかオレンジジュースにも高級なものがあるの？

　……なんてどうでもいいことを考えていたら。

「芭瑠じゃないか。久しぶりだね」

　低くて落ち着いた男の人の声。

　パッと声の主を見てびっくりした。

　えっ、嘘……。

　は、芭瑠くんそっくりなんですけど……！

　目の前にいる男の人は年齢こそ40代くらいだろうけど、大人の色気がすごい。

　背も高いし、顔立ちは整っていて綺麗だし、何より雰囲気が上品。

　今の芭瑠くんが大人になったら、まさにこの人のような感じになるような気がする。

　その男の人の隣には、綺麗で品のある女の人が控えめに立っていて。

　わたしたちを見て優しく笑っている。

　そして、ふたりともすごく芭瑠くんに似てる。

　ということは──。

「お久しぶりです、父さん母さん」

　や、やっぱり芭瑠くんのご両親なんだ。

　あわてて手に持っていたグラスを近くのテーブルに置いて、芭瑠くんに合わせてお辞儀をした。

「久しぶりというほどでもないだろ？　ついこの前も日本に帰ってきたとき会ったじゃないか」

「そうですね」

「最近よく会社のほうに足を運んでいるらしいな」

「もちろん。やり抜くと決めたからには今からしっかり勉強しておかないと」

「そうか。それはいいことだ。好きな子のために一生懸命になるところは昔から変わらないんだな」

　芭瑠くんのお父さんがハハッと笑うと、そのまま目線がわたしのほうに向いた。

「この人が僕の父親と母親」

　芭瑠くんがすぐに紹介をしてくれた。

「あっ、初めまして……、白花芙結です」

　名前を言うだけでこんなに緊張したのはいつぶりだろうっていうくらい心臓がバクバク。

「おぉ、芙結ちゃんか。芭瑠からよく話は聞いてるよ。しばらく見ない間にとても綺麗になったね」

「え？」

「まだ幼い頃だから覚えていないかもしれないが、一度だけ顔を合わせたことがあるんだよ？」

「あっ、そうだったんですね……！　すみません、失礼なことを言ってしまって……」

「いや、かまわないよ。まだ小さかった頃だからね。それにしても本当に可愛くなったね」

　まるで自分の娘の成長を見てるみたいに、優しく笑いかけてくれる。

　すると、隣にいた芭瑠くんのお母さんがにこっと笑いながら口を開いた。

「ほら、あなた。芙結ちゃんが可愛いのはわかりますけど、あまり可愛いばかり言っていると芭瑠がヤキモチを焼いてしまいますよ？」

「ははっ、そうだったな。昔から芭瑠は芙結ちゃんのこと
になるとわかりやすいくらい態度に出るからな」

　とりあえず無事にご挨拶できてよかった……のかな？

　ホッと一安心していると。

「おっ、そうだ。さっき木科さんいらしていたから、あと
できちんと挨拶しておくようにな？」

「あぁ、わかりました」

　きしな……さん。会社関係の人かな。

「それと、木科さん以外にも何人かいらしているから簡単
に挨拶してきたらどうだ？　まだしてないだろう？」

「いや……芙結をひとりにできないから」

「それなら心配いらない。少しの間ならわたしたちがそば
についているし、じきに柏葉も来るだろう？」

　芭瑠くんが心配そうにこちらを見る。

　たぶん、さっきわたしがあれだけ不安がっていたから、
そばを離れることを躊躇しているのかもしれない。

　わたしのせいで芭瑠くんの負担が増えて、時間を取らせ
ちゃうのは申し訳ない……。

「あの、芭瑠くん。わたしは大丈夫だから、いってきて？」

「けど、ひとりだと不安でしょ？　それに隣にいるって約
束したし」

「だ、大丈夫だよ！　会場の隅っこにいればいいし、あと
で柏葉さんも来てくれるから」

　わたしなんかの相手をしてる場合じゃないことくらい、
十分わかっているつもりだから。

　でも、芭瑠くんはあまり納得してくれず……渋々わたしから離れた。

　しかも離れる寸前まで心配してくれて「すぐに戻るから」とまで言ってくれた。

　芭瑠くんがいなくなって、残されたわたしは会場の隅に移動しようとしたんだけど。

「芙結ちゃんは今少し時間あったりするかな？」

　芭瑠くんのお父さんに引きとめられた。

「あっ、はい」

「じゃあ、あちらで少し話そうか」

　そう言われて、会場の中でもあまり人がいない、静かな場所に連れて行かれた。

　芭瑠くんのお母さんも来るのかと思いきや、最後お辞儀をしてそのままどこかへ行ってしまった。

　……なので、今は芭瑠くんのお父さんとふたりきり。

　妙に緊張して身体がカチカチで、口の中も渇きっぱなし。

「悪いね、急に引きとめてしまって」

「い、いえ」

　いったい何を話すんだろうって、先の言葉を聞くのがいちいち緊張する。

「最近どうかな。芭瑠と一緒に住んでいるみたいだけど、仲良くやってるのかな？」

「あっ、はい。芭瑠くんはいつも優しいので、甘えてばかりなんですけども……」

「ははっ、そうかそうか。いきなりでびっくりしたんじゃ

ないかい？　昔から芙結ちゃんが18歳になったら迎えに行くと口癖のように言っていたからね」

　昔を思い出すように、懐かしそうに話す。

「た、たしかにいきなり来てびっくりしました。でも、わたしもいつか芭瑠くんと会えたらいいな……と思っていたので、今こうして一緒に過ごせて幸せです……っ」

　最初の頃はいきなり結婚とか同居とか、何もかもが突然すぎてついていけなかった。

　でも、気づいたら今では芭瑠くんなしの生活なんて考えられないくらい。

「それはよかった。きっと芭瑠も、芙結ちゃんと今こうして過ごす時間を大切にして喜んでいると思うからね」

　チラッと見える横顔は、やっぱり芭瑠くんそっくり。

「芭瑠は——キミのそばにいられるなら、どんな困難でも乗り越えると……わたしに約束したからね」

　ふと……あることが頭の中に浮かんだ。

　それを聞いていいのか迷う。

　教えてもらえるかわからないけど……。

「あの……ひとつ聞いてもいいですか」

「何かな？」

　自分から切り出したけど、うまく先の言葉が見つからなくて詰まってしまう。

　すると、何かを察してくれたのか向こうが口を開いた。

「あまり難しいことを言うとわかりにくいだろうから、簡単に言うとね。芭瑠は今、将来に向けてわたしの会社でい

ろいろと勉強してる……というところかな」

　将来に向けて……。

　遠いような言葉に聞こえて、実際その未来はもう間近まで来ているんだと思った。

「今はかなりつらいときかもしれないけれど、キミが——芙結ちゃんがそばにいれば、きっと芭瑠はやり抜くとわたしは思っているからね」

「そ、そんな……っ」

「キミがいるから頑張れると芭瑠は常に言っているから。だから、わたしからのお願いをひとつ聞いてくれるかな？」

「なんでしょうか……っ」

　さっきまで目を合わせることができなかったのに、今は自然と芭瑠くんのお父さんの目をしっかり見ていた。

「もし、芙結ちゃんが少しでも芭瑠のそばにいたいと思っているなら、そばで支えてあげてほしいんだ」

　まさかこんな言葉をもらえるなんて思ってもいなくて、驚くことしかできない。

「親のわたしが言うのもあれだけれど、芭瑠は本当に昔からキミのことを大切に想っているから。きっと、キミの存在がなくなってしまったら芭瑠はダメになるだろうから」

　それが事実ならわたしは芭瑠くんのそばにいたいし、支えてあげることができるならそうしたい。

　その気持ちを伝えようと口を開こうとしたときだった。

「……挨拶行ってきたんで、芙結のこと返してもらっていいですか？」

　気づいたら芭瑠くんがこちらに戻ってきていた。

「おっと、早いな。しっかり挨拶してきたのか？」

「はい、もちろん」

「ははっ、そうかそうか。じゃあ、もう芙結ちゃんとは話せないってことか」

「そうですね」

　すると、わたしのほうを見てにっこり笑った。

「さっきのお願い、よかったら聞いてくれると嬉しいな」

　そう言って、その場を去っていった。

「お願いってなんのこと？」

「えっ？」

　お父さんが去ったあと、芭瑠くんが不思議そうな顔をしてわたしをジーッと見てくる。

「父さんになんか変なこと言われた？」

「う、ううん……！　何も言われてないよ？　少しお話しさせてもらっただけ」

　とても嬉しいことが聞けてよかった。

　だって、芭瑠くんが小さい頃からわたしを想ってくれていたなんて。

　それがもしも、今も変わっていないんだったら……。

　今、わたしの気持ちは少しずつ固まって、もうそろそろはっきりさせてもいいんじゃないかって思う。

　でも、焦らずに、ゆっくりでいいのかな……なんて。

　そんな甘いことを考えていた瞬間だった。

「あー！　芭瑠いたっ！」

　突然、わたしたちの前に現れた——女の子。

　名前を呼んだ直後、そのまま芭瑠くんの胸の中に飛び込んできた。

　一瞬、何がどうなっているのか理解が追いつかない。

　この子はいったい……。

「もうさっきから探してたのに！　パパに聞いても芭瑠のこと見てないって言うから」

　かなり可愛らしい女の子。

　少し明るめの綺麗な髪は、毛先までしっかり手入れがいき届いている。

　ぱっちりの二重の目に、その大きな目が瞬きするたびに、長いまつ毛がふさふさ揺れる。

　肌は真っ白で、唇はうるうるでほんのり桜色。

　小柄で華奢で、とても可愛いお人形さんみたいな容姿の持ち主。

「……小桃。いい加減、人前でこうやって抱きつくのやめたほうがいいって言ってんじゃん」

「えー、そんなの小桃は聞いてないもん、知らなーい」

　小桃さん……か。

　芭瑠くんとかなり親しそうだけど、どういう関係なんだろう？

「芙結、紹介するよ。この子は木科小桃さん。取引先の社長の娘さん」

　さっき芭瑠くんのお父さんがチラッと言っていた木科さ

んの娘さんなんだ。

　ゆっくり小桃さんのほうを見れば、あまりいい顔はされなかった。

　むしろ、きつく睨まれてる。

「取引先の娘さんなんてそんな紹介してほしくなーい」

「いや、事実だし」

　かなり不満そうな口調で喋っているので、なんだかこちらも気を遣って何も喋ることができない。

「それで、芭瑠の隣にいるその子はなんなの？　小桃にもちゃんと紹介してよ」

「この子は僕の大切な子だよ」

　小桃さんの身体を少し遠ざけて、すぐにわたしの身体を抱き寄せてそう言ってくれた。

「ふーん、大切な子？　小桃よりも？」

「もちろん」

「へぇ……わたしより大切なんだ」

　不満そうな顔がこちらを見た。

　敵対心むき出し……。

「あなたお名前は？」

「あっ……えっと、白花芙結です」

「ふーん……」

　上から下まで舐めるようにジーッと見たあと。

「あっ、そうだ。さっきパパが芭瑠のこと探してたよ？　挨拶まだでしょ？　いってきたらどう？」

「いや、あとで木科さんの時間が空いたとき見つけていく

つもりだから」

「ダーメ。今すぐ小桃のパパに挨拶してきて。会社が関わってるんだから、そういうことは早めにすませておくものでしょ？」

芭瑠くんの背中を押して、わたしから引き離そうにする小桃さん。

「いや無理だって。芙結をひとりにするわけにいかないし」

「ぇぇ～何それ。甘すぎじゃない？　ってか、いつも一緒の柏葉さんはどこにいるわけ？」

柏葉さんのことまで知ってるんだ。

そりゃそっか……。会社関係の娘さんだったら何度も会う機会はあるだろうし……。

小桃さんは、わたしが知らない芭瑠くんを知っているのかな。

「じゃあ、小桃がそばにいてあげるから～。ほら、早くいってきて！」

心配そうにわたしのほうを見る芭瑠くんに、大丈夫と口パクで伝えてうなずいたら、その場を離れていった。

こうして小桃さんとふたりで残されて、若干気まずい空気が流れる。

そんな中、沈黙を先に破ったのは小桃さんだった。

「ねぇ、あなたって芭瑠の彼女なの？」

「彼女ってわけじゃない……です」

「へぇ。彼女でもないくせに、こんな場所に来ちゃうなんてすごい勇気だね～。まあ、仮に彼女だったとしても、こ

こに来るのは場違い感あるけど〜」

　やっぱりわたしのことが気に入らないのか、嫌味たっぷりの口調。

「……ってか、なんであなたみたいな子が芭瑠の隣にいるわけ？」

　さっき話していた声とは違う、かなり低い声……。

　おまけに腕を組んで、見下すようにこっちを見てくる。

「芭瑠の隣はいつも小桃なのに」

「あの……っ、小桃さんは芭瑠くんとどういう関係……なんですか」

　知りたくて聞いたけど、わたしが想像しているよりふたりの関係が深かったら……。

「んー、将来を約束された関係ってところ？」

　濁すように言ったけど、それって——。

「婚約者……ってこと、ですか……？」

「まあ、そんな感じね？」

「でも、芭瑠くんはそんなことひと言も……」

　さっき小桃さんを紹介してくれたとき、婚約者なんてまったく言わなかった。

　今までだって、婚約者がいるなんて聞いたこともない。

「芭瑠が認めなくても、これは決まってることなの。だって将来、芭瑠が小桃と一緒にいることを選んだらメリットがたくさんあるんだから」

　きっとそれは、わたしが知らない世界の話。

「小桃と一緒にいれば、パパの会社との関係は今よります

ます良くなるだろうし。それに、芭瑠のことをいちばん近くで見てきた小桃だからこそ、支えることができるし、つらさもわかってあげられる。……それに対してあなたは何ができると思う？」

　わたしと比べたら生まれてきた家柄も地位も、小桃さんのほうが圧倒的に上。

　芭瑠くんの将来を考えるなら、小桃さんを選ぶほうがメリットがあることくらいわかるけど……。

　でも、芭瑠くんをそばで支えたいって思う気持ちだけは小桃さんにも負けてないと思うから。

「ほら見てよ。芭瑠はまだ高校生だっていうのに、大人たちの輪の中に混じってるんだから」

　少し遠くに見える芭瑠くんは、わたしたちよりずっと年齢が上の……おそらく企業関係で、それなりの役職についていそうな方と話を交わしている。

「もし芭瑠と一緒にいるなら、将来こういう場で芭瑠の隣に立たなくちゃいけないの。もちろん、隣でただにこにこしているだけで通じる世界じゃない。──それがあなたにできる？」

　ここで、できますって胸を張って言えるくらい、わたしが出来た人間だったらよかった。

　こんな場所で芭瑠くんの隣を堂々と歩けるほどの自信なんて、ないに等しい。

　支えたいと思う気持ちだけじゃ通じないって、ねじ伏せられたみたい……。

「あなたと芭瑠は住む世界が違うの」

　返す言葉が何もない。

　だって、これが事実だから。

「わかったら、早く芭瑠のそばから離れてよね？　これは芭瑠のためなんだから」

　強く言い放つと、タイミングよく芭瑠くんがこちらに戻ってくるのが見える。

　すると、小桃さんは一直線に芭瑠くんのもとへ駆け寄り、再び抱きついていた。

　あぁ……やだ……。

　胸のあたりがモヤモヤして苦しい。

　近くにいたはずの芭瑠くんが、今はとても遠く感じて違う世界にいるような気がする。

　……ううん、気がするんじゃない。

　もともと住む世界が違ったんだから。

　その事実をあらためて知っただけ。

　ふたりを見ていたらよくわかる。

　まさにお似合い……。容姿もそうだけど住む世界が同じなら、なおさらそう見える。

　いつもわたしだけを抱きしめてくれる腕が、今は他の女の子に触れているところを見るのも嫌だ……。

　この場から目を背けたいと思うほど……。

　でも、きちんと自分の気持ちを伝えないと。

　抱きしめられて、キスをされて……。

　こんなにも胸の奥が熱くなって、ギュッと縮まるのは芭

瑠くんだから。

　きっと他の男の子にされてもドキドキしないし、むしろ
嫌だ——芭瑠くんだけがいい。

　そして今、胸がモヤモヤして苦しいのは……嫉妬してる
から。

　芭瑠くんを取られたくないと思うのは、それだけ想いが
強いから。

　わたしは今も昔も変わらず——芭瑠くんのことが好きな
んだ。

あふれる好きと告白。

「あと少しで部屋だからそこまで我慢できる?」

「うっ……ごめんなさい……」

　あれから、小桃さんは芭瑠くんにベッタリでわたしが入る隙はなかった。

　それに、芭瑠くんもなんだかんだバタバタしていたので、わたしはひとりで会場の隅っこにいた。

　遅れて柏葉さんが来てくれたけど、柏葉さんも忙しそうだったので、ひとりで大丈夫ですと伝えて乗りきるはずだったのに……。

「まさかジュースと間違えちゃうとはね」

「ご、ごめんなさい……っ」

　小桃さんに言われたこと、それに加えて芭瑠くんへの気持ちを確信したので頭の中はパンク寸前。

　そんな中で冷静な判断をすることができず、他に気が回らなくてボケっとしていたのがいけなかった。

「まあ、すぐに気づいたおかげでそんなに飲まなくてすんだみたいだけど」

　慣れない場所にひとりでいたから、緊張のせいで喉が渇いてテーブルにあった飲み物がジュースだと思って飲んでしまった。

　ゴクッと飲み込んで味に違和感を覚えたけど、気にせずに飲んで失敗。

　まさか、アルコールが入っているなんて気づくことなく。

　しばらくしてから顔が火照って、おまけに気分が異常な
くらい高揚して。

　頭クラクラ、足元フラフラ。

　加えて気持ち悪くなり、倒れかける始末。

　あわてて芭瑠くんが来てくれて、わたしの様子を見てと
ても帰れそうにないと判断して、急きょこの会場のホテル
の一室を取ってくれた。

　なので、今その部屋まで芭瑠くんがお姫様抱っこで連れ
て行ってくれている。

　さっきまで夜風にあたったおかげか少しよくなったけ
ど、まだ気分が悪い。

「とりあえず部屋のベッドで休むといいよ」

　カードキーを使って扉を開け、奥にあるベッドに下ろさ
れた。

「水とか飲む？」

「ん、あ……ありがとう」

　ペットボトルを受け取り、それを喉に流し込むと冷たく
て気持ちいい。

「はぁ……っ」

「気分はどう？　まだ気持ち悪い？」

　わたしが座る横に芭瑠くんが座って、ベッドがギシッと
きしむ。

「あっ、だ、大丈夫……」

　好きってはっきり自覚したばかりで、芭瑠くんのそばに

いると緊張してうまく話せない。

目を合わせたら、好きってバレちゃうんじゃないかって。

「……どーしたの。なんか変じゃない?」

「ひぇっ……」

遠慮なく頬に触れてくるから、びっくりして過剰に反応してしまった。

お、おかしい……っ。

今日はいつもみたいに自然に接することができない。

「な、なななにも変じゃない……よ?」

「いや、カタコトじゃん」

「こ、こここれはいつものことでございます」

んんん……。なんで日本語こんなおかしいの……?

と、とりあえず落ち着くまでいったん芦瑠くんと距離を取ろう。

とは言っても、心配性の芦瑠くんがわたしをひとりにしてくれるわけないし。

あっ、そうだ。いいこと思いついた。

「えっと、お風呂……入ってきてもいい?」

「あー、いいよ。じゃあ、一緒に入ろうか」

「うん……って、んっ!?」

えっ、ちょっと待って……! 今なんかとんでもないこと言わなかった!?

「んじゃ、ドレス脱ごうか」

「えっ、ちょっ、まっ……」

背中に腕を回されて、後ろのファスナーがジーッと下り

ていく音が聞こえる。

「動いちゃダメだって。ファスナー絡まるよ？」

「ひっ……ぅ……」

　あっという間にファスナーが下りてしまい、そのまま脱がされてしまった。

「……ほんと可愛いね。僕の理性死んじゃいそう」

　こんな姿見られたくないし、なんとかしたいのに頭がクラクラして思うように身体が動かない。

「……このまま芙結のこと食べちゃいたいなあ」

「ぅ……ぁ……」

　首筋を舌で軽くツーッとなぞられて、身体が跳ねる。

　なんか……っ、いつもよりゾクゾクする。

「可愛い声……。もっと鳴かせたくなるね」

「ん……っ」

　わざとリップ音を立てて、唇に軽くキスをされる。

「まあ……今はやめておこうかな」

　そのままわたしから距離を置いて、ベッドに倒れ込んだ。

「お風呂入っておいで。僕は少し寝てるから」

「あ、うん」

　スッと目を閉じた芭瑠くん。

　疲れたのかな……？　いろんな人と会話していたら神経使うだろうし、疲労も溜まるだろうし。

　わたしはささっとバスルームに向かった。

　湯船に浸かりたいので、バスタブにお湯をためる。

　結構時間がかかると思ったけど、意外とすぐにたまった。

　髪を上のほうにまとめて湯船に浸かる。

「はぁ……」

　なんだか今日はいろいろありすぎて疲れた。

　でも、芭瑠くんのご両親に会えて、お父さんに素敵な言葉をもらえて本当に嬉しかった。

　だけど……小桃さんの存在がずっと引っかかって胸がモヤモヤしてばかり。

　芭瑠くんの将来を考えるなら、小桃さんと一緒にいるほうがいいのかなってネガティブになっちゃう。

　ぜんぶ小桃さんに言われたとおり。

　わたしは芭瑠くんのそばにいても何もしてあげられない、住む世界も違う。

　芭瑠くんの負担を何ひとつわかってあげられなくて、それを軽くしてあげることもできない。

　ただ──好きなだけなのに……。

　この気持ちだけでは、そばにいられない……のかな。

　それに、前からずっと思っているけど芭瑠くんの気持ちが全然わかんない。

　わたしに触れるのは、キスするのはなんで……？

　好きとか、付き合ってとか言われてない。

　こんな曖昧な関係が嫌になってくる。

　それと同時に、いつか芭瑠くんがわたしのもとを離れて遠くに行ってしまうような不安まで出てくる。

　そして将来、わたしではなく小桃さんといることを選ぶ

んじゃないかって……。

　どうせ不安になるなら、この想いをぜんぶ伝えてしまえ
ばいいのに。

　いつもこうやって不安がって、頭の中で考えるだけで行
動しないのがいけないんだ。

　ずっと湯船に浸かっているせいと、考え事をしたせいで
なんだか意識がボーッとしてくる。

　湯船から出て身体にタオルを巻く。

　少し冷たい空気が熱い身体にちょうどいい。

　無防備な格好のままバスルームを出た。

　身体が熱くてフラフラ。

　意識が飛びそうでクラクラ。

「……え。なんでそんな無防備な格好してんの」

　部屋に戻ると、さっきまで横になっていた芭瑠くんが
ベッドに座って、わたしを見るなり目を見開いた。

　あぁ……。もう、想いをぜんぶ吐き出したい。

「はる、くん……」

　そっと近づいて、ベッドに片膝をつく。

　両手を芭瑠くんの肩の上において、そのまま少し下に目
線を落とすと目がしっかり合う。

　今すごく大胆なことしてる……。

　さっきまで自然にすら振る舞えなかったのに、今は気分
がおかしいせいであんまり恥ずかしくない。

「……ねぇ。誘ってんの、襲われたいの？」

　身に着けているのはバスタオル1枚だけ。

　これを剥（は）がされてしまったら……。

「誘ってるって……言ったら？」

「小悪魔だね……」

　変なの。頭がポーッとしたまま、いつも言えないことがポロポロ出てくる。

　このまま、ぜんぶ言っちゃえば──。

「好き……っ」

　口にした途端すごく恥ずかしくて、ごまかすために自（みずか）ら唇を重ねた。

　チュッと音を立てて唇を少しだけ挟むキス。

　スッと離れると、芭瑠くんは優しくわたしの頬を撫でながら聞いてくる。

「……酔（よ）ってるの？」

「ち、違うよ……。酔ってない」

「いま伝えてくれたことほんと……？」

「うん……。芭瑠くんのことずっと前から好き、だいすきなの……っ」

　やっと口にできた。

　芭瑠くんはにこっと笑ったまま。

「……僕も芙結のこと好きだよ」

「ほんとに……？」

　意外とあっさり告（つ）げられて、本当かどうか疑（うたが）っちゃう。

「ほんとだよ。昔から変わってないから」

「でも、芭瑠くん……今まで好きって一度も言ってくれな

160

かったじゃん……っ」

　不安げに見つめると、それを拭うような甘いキスを一度だけ落としてくる。

「幼い頃に伝えたのに？」

「それは無効だよ……っ」

　まさか、昔に伝えたからもうそれでいいと思っていたってこと？

「それに……僕は好きでもない子にキスしないよ」

「っ……」

「芙結だから——したいって思うんだよ」

「ん……っ」

　また唇が重なって、今度は深く……唇の感触をたしかめるようなキス。

　甘い……甘い……甘いしか出てこない。

「はぁ……っ、はる、くん……っ」

「もっと、芙結の唇ちょーだい」

「ん……っ、んぅ……」

　求められて、それに応えようとするけど、ついていくだけで精いっぱい。

　しだいに息が苦しくなって、限界のサインを送る。

　すると、ゆっくり唇が離れた。

　熱い視線が至近距離で絡み合う。

「ほ、ほんとにわたしでいいの……？」

「どうしてそんなこと聞くの？」

「だって、小桃さんは……」

「もしかして小桃に何か言われた？」

　どう答えたらいいかわかんなくて口をつぐむ。

　その様子を見て、きっと何かを察したに違いない。

「小桃は親同士が仲良いから、それで小さい頃から付き合いがあるだけ。小桃に対して恋愛感情を持ったことないし、それはこれから先も変わらないから」

「でも、小桃さんと芭瑠くんの距離すごく近かった……」

　芭瑠くんに恋愛感情がなくても、小桃さんにはぜったいあるだろうし。

「あれは昔からあんな感じだから。もし芙結が不安になるなら小桃と接するのは極力避けるようにするよ」

「そんなこと、していいの……？」

「いいよ。芙結を不安にさせたくないし」

「でも、取引先の娘さんなんでしょ？　避けたりしたら何か支障とか出ない……？」

「芙結はそんなこと気にしないで僕のそばにいてくれたらそれでいいから」

　芭瑠くんの言葉は、まるで魔法みたいで胸にあった不安が少しずつ取り除かれていく。

「この気持ちに嘘はないから」

　真っ直ぐ、射抜くように見てくる。

　その瞬間、無性に抱きしめてほしくなって目の前の身体に飛び込んだ。

「……っと、今度はどーしたの？」

「ほんとに、ほんとに……わたしなんかでいいの？　後悔

しない……っ？」

「しないよ。僕は芙結じゃなきゃダメだから」

　この言葉を──素直に信じてみたいと思った。

「ん……」

　まだはっきりしない意識の中、甘い匂いに包まれて自分以外の体温を感じる。

　背中にベッドのやわらかい感触。

「……おはよ」

　重たいまぶたを開けたら、かなりの近さで芭瑠くんの顔があった。

　しかも、おはよって……。

　あれ……もう朝なの？

　部屋の中は電気はついていないものの、カーテンが開いたままで窓から入ってくる光のおかげで明るい。

　たしか昨日の夜、体調が悪くなってホテルの部屋を借りてもらって……。

　そのあとお風呂に入って……。

　あっ……それで──勢いのまま告白しちゃったんだ。

　そしたら芭瑠くんも同じ気持ちでいてくれて、お互いの気持ちをはっきり確認できたことに安心したから。

「昨日のこと覚えてる？　好きって伝えてくれたあとそのまま僕の腕の中で意識手放したんだよ？」

「えっ……」

　う、嘘。そんな肝心なところで寝ちゃうなんて。

「……安心しちゃった？」

「う、うん……たぶん」

芭瑠くんの気持ちがわからなくて、不安ばっかりだったから。

聞いた途端、嬉しさと安心の気持ちが出てきて気が緩んだのかも。

「……まさか芙結があんな大胆になるなんてね」

昨晩のことを思い出したら急にブワッと恥ずかしさに襲われる。

勢いとはいえ、なんて大胆なことを……っ。

「あ、思い出しちゃった？」

「うっ……、もうそれ以上は言わないで……っ」

「いつからあんな小悪魔さんになったの？」

「あれはっ、うぅ……」

思い返せば、お風呂でいろいろ考えてしまったせいかもしれない。

……って、そういえばわたしお風呂から出たあと、何も着てなかったような。

そうだ、何を思ったのかバスタオル1枚を身体に巻きつけるだけで、芭瑠くんのところへいってしまったんだ。

えっ、じゃあ……今のわたしどうなってるの!?

あわててバッと自分の身体に目線を落とす。

……あれ、バスローブ？

と、とりあえず何も着てない状態じゃなくてよかったとホッとしたのもつかの間。

「あの、このバスローブって……」

　自分で着た記憶はないし、ということは誰かに着せてもらったに違いない。

「あー、さすがにバスタオル1枚で寝かすわけにはいかなかったからね。屋敷だったらメイド呼んで着替えさせてもらおうかと思ったけど、ここホテルだから」

「つ、つまり……これを着せたのって……」

「……？」

「か、柏葉さん……ってこと!?」

「……は？」

　そ、そんな。あんな恥ずかしい姿を柏葉さんに見られたなんて想像するだけで無理なんだけど……!!

「いや、なんでそこで柏葉？」

「だ、だってメイドさんいないなら、昨日ここに来てたお手伝いの人、柏葉さんしかいない……から」

　まさかあんな見苦しい姿を見せてしまうとは……。

　次に会ったとき、どんな顔すればいいの。

「いやいや柏葉とか論外でしょ」

「えっ、だって他にやってくれる人──」

「僕がいるじゃん」

　あっ、なるほど。芭瑠くんがいたかぁ！

　……って、ちょっと待って!!

「芭瑠くんが着せた……の？」

「もちろん。芙結の身体を他のやつに見せるわけにはいかないし」

　内側から熱がブワッと上がってくる。

　恥ずかしすぎて穴があったら入りたいし、無いならもう自分で掘ってしまいたいくらい……。

　目を合わせるのが無理すぎて、頭の上から布団をバサッと被る。

「すごく恥ずかしいよ……っ」

「……どうして？」

「き、聞かないで……っ！」

　芭瑠くんって変なところ鈍感っていうか、乙女心をわかってないというか……！

「もうお嫁にいけないよぉ……」

「僕がもらってあげるのに？」

　布団をガバッとめくって、悪気がなさそうな顔で相変わらずにこにこしている。

　いや、悪いことはしてないけど、こっちからしてみればかなりの重大事件なのに。

「ちゃんともらってくれる……っ？」

　こんなこと聞いちゃうなんて、わたしどうしちゃったんだろう。

「もちろん。芙結のぜんぶ僕がもらってあげるから」

「芭瑠くんにしかあげないもん……」

「うん。もう可愛すぎていろいろ無理かも」

　急に体勢を変えて覆い被さってきた。

「前までかなり抑えてたつもりだけど、もう我慢しなくていい？」

　抑えてたって、前からかなり暴走していた気がするのに。

「あっ、でも……ホテル出ないと」

　なんだか芭瑠くんが危ない瞳をしているから必死に胸板を押し返してみる。

　でも、そんな抵抗意味ないよといわんばかりの顔をして。

「……ふっ、大丈夫。チェックアウトの時間は昼の11時だから」

　ベッドの近くにある時計の表示時刻は午前9時。

「で、でも……っ」

「たっぷり甘やかして可愛がってあげる」

　それから数時間。

　言葉どおり……ううん、それ以上に芭瑠くんは甘かった。

　触れて抱きしめてキスをして。

　ずっとこうしていたいと思うばかり。

　今が幸せすぎて怖いくらい。

　だから、このときは思ってもいなかった。

　この幸せを……自ら手放す日が来るなんて──。

王子様と甘い時間。

　芭瑠くんと気持ちが通じ合って1週間と少し。

　気づいたら、もうすぐ9月が終わりそうな頃。

　学校が始まってから、さらに忙しい日々が続いている。

　でも、芭瑠くんと過ごす時間は変わらない。

「おはよ……」

　好きな人の腕の中で毎晩眠って、目が覚めたらいちばんに顔を見ることができて。

　こんなにも幸せなことってない。

「お、おはよ……っ」

　毎朝起きたら、おはようって笑いかけてくれて、おまけにキスまでしてくれる。

　たまに暴走して止まってくれないときは、柏葉さんが遠慮なく部屋に入ってきて止めるけど。

「はぁ……学校行きたくない。このまま芙結のこと抱きしめてたい」

「そんなこと言っちゃダメだよ。もうそろそろ起きないと柏葉さん来ちゃう」

　目を覚ましてから、なかなか離してもらえないのでベッドから動いていない。

「いっそのこと寝室だけ鍵つけて柏葉が入ってこれないようにしよっか」

「いや、柏葉さんならすんなり鍵開けちゃいそうだし壊し

ちゃいそうな……」

　あの手この手で対抗してきそう。

　それに、芭瑠くんの考えを先に読み取るのが得意そうだから……。

「わたくしがどうかいたしましたか？」

「……ひっ、いつの間に!?」

　気づけば、ベッドのそばに柏葉さんの姿あり。

　空気と馴染む技でも使ってるの……!?

　まるで気配を消す忍者みたいな。

「本日も芭瑠さまの暴走が止まっていないのかと心配しておりました」

「人聞きの悪いこと言わないでほしいね。芙結が可愛いのが悪いんでしょ？」

「えぇっ、わたし!?」

　そんなこんなで朝の支度を終えて学校へ。

　最近クラスで席替えがあって、芭瑠くんと席が離れてしまった。

　詩ちゃんが前の席になったのは嬉しかったんだけど。

　しかも、わたしの隣は御堂くんだから芭瑠くんの不機嫌度はかなり高め。

　席に着いていつもどおり授業の準備をしていると、詩ちゃんがにこにこしながら振り返った。

「いいなぁ〜芙結ちゃん幸せそう〜」

「えっ、急にどうしたの？」

「最近の芙結ちゃんますます可愛くなったなぁって。これも栗原くんのおかげか～·！」

　頬をツンツンされて、「幸せすぎて羨ましいぞ～！」って。

　芭瑠くんと気持ちが通じ合ったことは詩ちゃんに報告したばかり。

　びっくりされるかと思ったけど、やっぱり～という反応をされて、自分のことのように喜んでくれた。

「詩ちゃんは好きな人いないの？」

「いないかなぁ。いい人いないし！」

「タイプとかは？」

「うーん。具体的なのはないかなぁ。ただこんなわたしでも受け止めてくれる人とか！」

「えぇ、詩ちゃんなら誰でも受け止めてくれるよ！　可愛いもん」

　詩ちゃんって自分が可愛いこと自覚してないのかなぁ。

　彼氏とかいてもおかしくなさそうだし。

「芙結ちゃんのほうが可愛いのに～。わたしなんていいんだいいんだ！」

　すると、この会話を隣の席で聞いていた御堂くんが話に入ってきた。

「詩ちゃん、俺とか候補にどうですか？」

　本気で言ってるのか、それとも冗談で言ってるのかわからないのが御堂くん。

　でも、もしかして詩ちゃんに気があるとか。

　夏休み４人で海に行ったときも、ふたりともすごくいい

感じだったし。

「御堂くんは彼女いるでしょ〜！　わたしは御堂くんみたいなイケメンは嫌なの〜」

「いや、彼女いないけど。ってか、詩ちゃん俺のこと嫌いなの？」

　やっぱり雰囲気がいい感じのような。

「イケメンは目の保養で十分みたいなところあるじゃん。ねー、芙結ちゃん？」

「えっ。あっ、うん」

　いきなり話を振られたので、とっさに同調してしまった。

「いやいや芭瑠と付き合ってる子がよく言うよ〜。アイツかなりレベル高いイケメンくんじゃん」

　あれ、わたしと芭瑠くんって付き合ってるのかな。

　いや、好きって言われたし、その前に結婚しようとか言われたくらいだから。

　……でも、付き合ってとは言われてないし。

　わざわざ考えなくてもいいことを深く考えちゃう。

　素直に芭瑠くんとの関係を受け止めればいいのに。

　すると、詩ちゃんが担任の水原先生に呼ばれてしまい席から離れた。

「あー、詩ちゃんいなくなっちゃったね」

　少し残念そうな御堂くん。

　やっぱり詩ちゃんのことが気になってるのかな。

「御堂くんは詩ちゃんのこと好きなの？」

「わお、ど直球に聞いてくるね」

「気になっちゃって」

「んー、まあ気になるといえば気になるかな」

「そうなんだ」

　でも詩ちゃんはイケメンは目の保養だって。

　そうなると前途多難じゃん。

「けど、俺さっき振られちゃったし？」

「あれは本気で言ってたわけじゃないと……」

「まあ、これからじっくりアピール頑張ろーかな」

　すると御堂くんがいきなりハッとした顔をして、周りを
キョロキョロ見ていた。

「うわー、あぶな。芭瑠のやついなくてよかった。アイツ
芙結ちゃんとちょっと喋ったくらいで、すぐ機嫌悪くなる
からさー」

「えっ、そうなの？」

「そうそう。ほら席替えで俺たち隣になったじゃん？　史
上最強に機嫌悪くて困ったもんだよ」

　そのまま御堂くんは話し続ける。

「芭瑠は昔から自分のものに手を出されるのが嫌いだから
ねー。独占欲強いでしょアイツ」

「独占欲……」

「芙結ちゃんのことになると本気で狂っちゃいそうだから
なー。家とかではどうなの？　ずっとベッタリでしょ」

　御堂くんもわたしと芭瑠くんが一緒に住んでること知っ
てるんだ。

　まあ、そりゃそっか。

　ふたりとも仲良いし、そういう話とかするよね。

「家ではずっと離してくれない……かな」

「はぁ、やっぱりね。なんとなく想像できるよ」

　やれやれって感じのリアクション。

「だって、アイツほんとに芙結ちゃんのことしか眼中にないからね。口を開けば芙結が〜芙結が〜って永遠に芙結ちゃんの名前を口に出してんの。しかも"可愛い"しか言わないくらい語彙力失ってるし」

　喉をククッと鳴らしながら笑ってる御堂くん。

　芭瑠くんってば、そんな話もしてるの!?

「基本的に芙結ちゃんの話以外しないからね。他の話とか振ったら別に興味ないって秒で終わらせるから。ほんと愛されてんねー」

「そんなそんな……」

「もし芙結ちゃんが芭瑠を振ったらショックでぶっ倒れるんじゃない?　一生立ち直れなさそ〜。面白そうだからやってみる?」

「いやいや!!」

　わたしが振られることはあるかもしれないけど、わたしが振るなんてぜったいありえないもん。

「まあ、ふたりは別れるなんて心配はしなくてよさそうだよね。末長くお幸せにって感じか〜。あっ、結婚式はちゃんと呼んでね?」

「気が早いよ……」

　学校が終わり、お屋敷に帰ってきた。

　芭瑠くんは学校帰りにお父さんの会社に行って、帰ってきてから疲れたみたいで今ベッドで眠っている。

　晩ごはんも食べずに眠り続けて、気づけば夜の9時を過ぎていた。

　わたしがお風呂から出た今もまだ寝てる。

　起こさないように、ベッドにゆっくり近づく。

　綺麗すぎるくらいの寝顔。寝てるときくらい多少崩れてもおかしくないのに。

　この無防備な寝顔を見られるのは、わたしだけ。

　そう考えたら特別なんだって気がして、勝手に嬉しくなる単純さ。

　まつげ長いし、肌きれい。

　おまけに髪もサラサラで。

　このぜんぶを、いつもわたしが独占してるんだ……。

　なんだか無性に触れたくなった、触れてほしくなった。

　起こさないようにそっとベッドの上に座ると、ふわっと身体が沈む。

　そのまま芭瑠くんの髪にそっと触れた。

　起こしちゃいけないと思いつつ、起きていつもみたいにギュッてしてほしい。

「はる、くん……」

　小さすぎて空気に呑みこまれそうな声。

　自分ですら聞き取れないくらいだったのに……。

「……ん？」

　わずかに芭瑠くんが動いた。

　えっ、起こしちゃった？

　閉じていたまぶたが、ゆっくりと開き眠そうにこちらを見つめてくる。

「……どーかした？」

　どうしよう、普段あんまり寝起きの芭瑠くんを見ることがないから、とっても可愛い……っ。

　まだ完全に目が覚めていないのか、目がとろーんとしている。

　……っ、なんかこの顔すごくずるい。

「起こしちゃった……かな？」

「……ん」

　ゴソゴソと身体を動かして、わたしの腰に腕を回してギュッとしがみついてお腹に顔を埋めてくる。

　そんな仕草がとても可愛い。

「眠いの？」

「ん……眠い」

　普段しっかりしている人が、こうやって甘えてくるのってなんか破壊力（かいりょく）がすごくて心臓に悪い……っ。

「……頭撫でて」

「え？」

「芙結に甘えたいなあ……って」

　埋めていた顔をパッと上げて、にこっと笑う表情ですらもう……心臓ドキドキ頭クラクラ。

「甘えたいの……？」

「うん……甘やかして」

　さっきも撫でたけど、もう一度サラサラの髪を優しく撫でる。

　すると、ギュッて抱きつく力が強くなる。

「芙結ってやわらかい……」

「太ってるってこと？」

「ううん。……僕好みの身体ってこと」

　それって褒められてるのかな。

　いまいちよくわかんない。

「芭瑠くんが好みって言ってくれるなら嬉しい……っ」

「……あれ、今日は恥ずかしがらないの？」

「うぅ……」

「ふっ……かーわい」

　ドキドキすることを言われたりしたら、恥ずかしくなって顔が赤くなるけど。

　今日はそんな感じじゃなくて。

「疲れてる芭瑠くんを、少しでも癒してあげられたらいいな……って」

　素直に思っていることを口にしてみた。

「……へぇ。じゃあ、たくさん癒して？」

「どう癒したらいいの……？」

　今なら芭瑠くんが求めてくれたら、なんでもやってしまいそう。

「芙結からキスしてほしい」

「それで、いいの？」

　そんな簡単なことでいいの？といわんばかりの大胆さ。

　芭瑠くんは少し驚いた顔をしたけど、すぐに余裕さを含んだ笑みを浮かべながら。

「……もっとしてくれるの？」

「芭瑠くんが、ほしい……なら」

　今日のわたしぜったい変だ。

　いつもなら言えないことが、スラスラ出てきてしまう。

　どれだけ大胆なことを言っているのか、頭では理解しているはずなのに止められない。

「……大胆すぎて理性どっかいっちゃいそう」

「こういう子は……嫌い？」

「まさか。大胆な芙結好きだよ」

　この言葉が、さらにわたしから恥ずかしいという感情を奪っていく。

　芭瑠くんは、サイドを流れるわたしの髪にそっと手を伸ばして、指を絡めて遊んでる。

　上から見下ろすと、今度はその指が唇に触れてきた。

「……で、キスまだ？」

　早くしてよって、誘うような瞳で見てくるから。

　ゆっくり近づいて、お互いの唇が重なるまで数センチ。

　至近距離で絡む熱い視線、甘い吐息、触れる熱。

　ぜんぶに引き込まれていく──。

　自分から重ねた瞬間、やわらかさが伝わる。

　いつもされる側だから、ここから先どうしたらいいかわかんない。

　ただ触れているだけで、たまに少し唇を動かすと、それに応えてくれる。

　でも、その先はぜったい何もしてくれない。

「はぁ……っ」

　息を止めていたので、いったん唇を離すと苦しそうな声が漏れてしまう。

　もうこれ以上はできないって訴えても、それじゃ許してくれなくて……。

「……こんなのじゃ、まだ足りない」

　後頭部に芭瑠くんの手が回ってきて、そのままグッと引き寄せられて再び唇が重なる。

　求めてくるくせに、自分からはこれ以上してくれない。

　また、触れるだけのキス。

　でも、芭瑠くんがもう我慢できなくなったのか……。

「……触れるだけとか物足りない」

　唇を少し離して、もっとしてよとこっちを見てくるけど、この先はほんとにわかんない。

「これ、以上は……んっ……」

「……これ以上は？」

「んんっ……う……っ」

　聞いてくるのに、唇をうまく塞いで答えさせてくれない。

　いつもみたいに、芭瑠くんがしたいようにしてくれたらそれでいいのに……。

「……ちゃんと言って。わかんない」

「だか、ら……っ、ん……」

　言わせる気ないくせに……っ。

　息苦しくて、なんでかわからないけど瞳に涙がジワリと
たまる。

　そのままイジワルしないでって……見つめたら。

「その顔ダメ……クラッとくる」

　唇を離したかと思えば、急に身体を起こして押し倒して
きた。

　ベッドに両腕をついて体勢が逆転。

　今度は芭瑠くんがわたしを見下ろす。

「もうこれ以上はできない？」

「や、やり方……わかんない……っ」

「じゃあ……今からは応えるだけでいいよ」

　応えるだけって――っと聞こうとしたけど、その前に唇
を塞がれてしまった。

　さっきわたしがした、触れるだけのキスなんか比べもの
にもならない。

　噛みつくような、強引なキス……。

　濡れた唇が、形をたしかめるように動いて息をするひま
もない。

　苦しくて、反射的にベッドのシーツをギュッと握る。

　甘くて、おかしくなりそう……っ。

「……少し口開けて」

　言われるがまま、酸素を求めるように口をわずかに開け
ると、スッと舌が入り込んでくる。

「……ほら、ちゃんと応えて」

「っ、……」

　無理という意味を込めて、首を横に振るけど全然止まっ
てくれない。

「……余裕ないから聞いてあげない」

　キスをしながら器用に頬や首筋に触れて、身体の熱がど
んどん上がる。

　変なの……っ。触れられると勝手に身体が反応しちゃう。

　キスでいっぱいいっぱいで、そっちのほうに意識が傾き
かけた寸前——。

「……っ」

　冷たい空気が肌に触れた。

　スルッと服の中に手が入ってきたせい……。

　なぞるように、その手が徐々に上がっていく。

「……はる、く……んっ、そんな触り方やだ……っ」

　焦らすように触られて、思わずそんなことを言ってし
まったら……。

「……もっと触っていいの?」

「ち、ちがっ……」

「……違わないでしょ?　身体こんな反応してるのに」

　もうほんとに、このまま止まってくれないような気がし
てくる。

「素直に反応してくれる身体は僕の好み」

「ぅ……あっ、それダメ……っ」

　触れ方がずるい……っ。

　キスも甘すぎるくらいで、クラクラしすぎて自分を見

失っちゃいそう。

「……ダメって言うわりに甘い声出てるよ？」

「っ……ぅ」

「そーやって、僕のこと誘惑してるの？」

「ちが……っ」

　ほら、また唇を塞ぐから。

　今度は空いているほうの手で、指を絡めて握ってくる。

「……なんか止まんない、もっと欲しくなる」

　タガが外れてしまったみたいで。

「もう、これ以上は無理……っ。したらおかしくなっちゃうよ……っ」

　頭の中はパンク寸前で、耐えられない。

「……ここで我慢とか死ぬ気がする」

「し、死んじゃダメ……だよ」

「でも芙結が限界なら仕方ないね」

　すると、やっと止まってくれて、わたしが横になるベッドに倒れ込んできた。

「ご、ごめんね。……その、途中で止めちゃって」

「……いーよ。止まんないといけないところだからね」

　付け加えて、「焦ってするようなことじゃないし、僕も加減できなくてごめんね」と言ってくれた。

　わたしのために我慢してくれて、ちゃんとやめてくれて。

　大切にされてるのかな……って嬉しくなった。

　身体を芭瑠くんに寄せて、そのままギュッて抱きついた。

「……僕これでも我慢してんのに。殺す気？」

「た、ただ……いつもみたいに抱きしめてほしくて」

「可愛いわがままに殺されそう」

「ええ……っ」

「なんなら、芙結の可愛さに溺れてもいいかも。……ってか、もう溺れてるけど」

　そんなの……わたしだって、もうとっくに芭瑠くんの甘さに溺れてる……とかは、ぜったいに秘密。

第4章

少し遠い王子様。

気づけば10月の中旬に入っていた。

何事もなく順調にきていたはずだったのに。

事態は突然急変した。

それは学校にいたときのこと。

今日芭瑠くんは学校をお休みして、お父さんの会社へ行っている。

どうしても外せない用事なんだとか。

最近こうやって学校を休む日が増えて、学校に来ても前と変わらず放課後はお父さんの会社。

休みの日も朝から晩まで忙しそうで。

最近本当に顔色が良くない。

少しは休んでほしいとお願いしても、大丈夫の一点張りで聞いてもらえない。

わたしはただ、心配して見守ることしかできない。

何もしてあげられなくて力にもなってあげられない。

最近そういうのを感じると、ひとりで勝手に落ち込んでしまう。

今こんなことを深く考えても仕方ないので、切り替えて次の授業の準備をしようとしたときだった。

ポケットに入れているスマホがブーブーッと震えた。

ずっと続いているから、たぶん電話かな。

それにしても、こんな時間……学校にいるときに、いっ

たい誰だろう？

　いったん廊下に出て何も考えずスマホを取り出して、画面に表示された名前は——柏葉さん。

　すぐに応答をタップして電話に出た。

「も、もしもし？」

『突然申し訳ございません、柏葉でございます』

「あっ、はい」

『今お時間大丈夫でしょうか？』

　なんだか、柏葉さんの声がいつもより深刻そうに聞こえるのは気のせい……？

「休み時間なので大丈夫です」

『そうですか……。では、簡潔にお話しいたしますので、落ち着いて聞いていただけますか』

　心臓がドクッと嫌な音を立てた。

　そして……。

『芭瑠さまが——』

　しばらく柏葉さんの話に耳を傾けて通話が終了した。

　真っ暗になった画面をただ見つめることしかできずに、頭の中は真っ白……。

　次第に瞳にたまった涙がポタッと画面に落ちて、ハッとする。

　すぐに自分の手で涙を拭い、気を落ち着かせる。

　呼吸を忘れてしまいそうになるのを防ぐために、自分の胸に手を当てて息をしっかり吸う。

「芙結ちゃん？　どうしたの？」

　急にかけられた声に反応できなくて、顔を伏せたまま。

　でも、誰かにこれを聞いてほしくて……。

　大丈夫、心配いらないって言ってほしくて……。

「み……どうくん……」

　伏せた顔をゆっくり上げる。

　きっと今、御堂くんの目に映るわたしは不安でいっぱいの顔をしていると思う。

「えっ、ちょ、どーしたの？　なんかあった？」

「は、はる……くんが……」

「芭瑠に何かあった？」

　落ち着いて、息をしっかり吐いて一度深く吸って……。

「──倒れた……って……」

　さっきこれを聞いた瞬間、力が抜けてスマホが手から落ちそうになった。

　芭瑠くんが倒れた……。

　なんで倒れたのか、今の状態はどうなのか。

　とにかく無事であってほしいと……電話越しにひたすら願って話を聞いた。

　まず第一に、今は病院に運ばれて安静に眠っていると告げられた。

　倒れた原因は疲労から……。

　ここ最近無茶をしていたから。

　命に別状があるわけではないから安心してほしいと柏葉さんは言った。

でも、冷静じゃいられなくなる……頭が真っ白になる。

柏葉さんは焦ることなく簡潔に説明してくれた。

たぶん、柏葉さんの焦った声を聞けばわたしまで混乱してしまうだろうから。

とりあえず、今はぜったい安静なので数日入院すると言っていた。

今すぐにでも駆けつけてそばにいたいと思ったけれど、ここで胸の中に引っかかる不安が出てきてしまった。

わたしが行ったところで何ができるんだろう。

芭瑠くんのつらさも苦しさも、何ひとつわかってあげられない。

負荷を減らしてあげることもできない。

すぐ病院に行って、そばにいたいと言えなかった。

「あー、芭瑠のやつ倒れちゃったのか」

今すべて御堂くんに話し終えた。

授業が始まる前だったので、急きょ人がいない屋上へ。

結局、授業は間に合わなくてサボってしまった。

「倒れたって聞いたとき、どうしたらいいのかわからなくなって……っ」

今だって、わたしがこんなことしてる間も芭瑠くんは病院にいるっていうのに……何もしてあげられない。

「大丈夫だよ。……芭瑠は昔から強いやつだから」

「でも……っ」

「それに倒れたのは今回が初めてじゃないからなー。俺が

知る限り。アイツ無理しすぎてるのに自分じゃ気づかない
の。目の前のことに夢中になりすぎて」

　初めてじゃないって……。

　いつもそんな無茶ばかりしているの……？

　焦って心配するわたしとは対照的に、御堂くんは落ち着
いている。まるで慣れているような……。

「俺もなんだかんだ芭瑠とは付き合い長いからさー。結構
無茶してるときもあるけど、誰が忠告しても聞かなくて。
んで、気づいたときにはバタッと倒れて病院」

　さらに御堂くんは話し続ける。

「まあ、アイツもアイツなりにいろんなこと抱えてるのか
なーとは思うけど。将来のために今やることをやっておか
ないとって感じだからね」

　芭瑠くんの将来にはいったいどんなことが待っていて、
その未来にわたしがいるのか、必要なのかすらも明確にわ
からない。

「決められた将来があるって、いいように見えて実際はつ
らいことだらけなのかもね」

「決められた将来って……？」

「んー、まあ簡単に言うと芭瑠は、父親がやってる会社の
後継者だから。やりたいこととかぜんぶ捨てて、その道を
選ぶしか手段がないってことかな。――って、なんかベラ
ベラ喋りすぎちゃったけど、芙結ちゃんはそんな暗い顔し
なくていいよってことね」

「でも……っ、わたし芭瑠くんのために何もできない……

から」

「それは違うよ。芭瑠は芙結ちゃんのためだったらなんでもやるやつなんだよ。だから、芙結ちゃんがそばにいるだけでアイツにとっては力になってんの」

　珍しく……とか言ったら失礼かもしれないけど御堂くんの口調が真剣。

「今は何もわからなくて不安かもしれないけど、芭瑠のこと信じてそばにいてやってほしい」

「っ……」

「芙結ちゃんが心配して叱ったら、もしかしたら無茶やめるかもしれないし？　アイツ芙結ちゃんに嫌われたら生きていけないだろうからさ〜」

　最後は冗談っぽく笑いながら重くなった空気を少しだけ軽くしてくれた。

　御堂くんに話を聞いてもらって、少し落ち着いて授業に戻ることができた。

　でも、やっぱり芭瑠くんのことが気になってばかりで、授業の内容が頭に入ってこない。

　迎えた放課後。

　いつもより早く帰る準備を終えて、急いで教室を飛び出した。

　そして、いつも門の少し離れたところで迎えの車を停めている柏葉さんのもとへ。

　すでに車のそばに立って、わたしを待っていた。

「おかえりなさいませ、芙結さま」

　いつもと変わらない柏葉さん。

　でも、わたしはいつもどおりじゃいられない。

「あの、芭瑠くんは……っ」

　走ってきたので呼吸が荒い。

　電話で大丈夫と聞いたけど、やっぱり心配で。

「ご安心ください。芭瑠さまは大丈夫です。今もまだ病院
で安静にして眠っています」

「そう……ですか……っ」

　扉を開けてもらい、そのまま車に乗り込む。

　車が走り出して、過ぎていく景色をただボーッと眺める
だけ。

　本当はもっと詳しく芭瑠くんのことを聞きたいけど、な
んでか聞けない。

　しばらく窓の外の景色を眺めていると、異変に気づいた。

　いつもの道と違う……。

　いったいどこに向かっているんだろうって思ったけれ
ど、なんとなくわかってしまう。

　たぶん、わたしが不安そうな顔ばかりするから……芭瑠
くんがいる病院に連れて行ってくれるんだと。

　学校を出てから30分ほど。

　予想どおりの場所に車が停まった。

　ここの近所ではかなり有名な大病院の前。

　柏葉さんが車の扉を開けてくれて、いつもと変わらない
顔で言った。

「まだ眠られているかもしれませんが、芭瑠さまに会いに
いかれてはいかがでしょうか」

「わ、わたしが……いってもいいんですか?」

「もちろんです。芭瑠さまには芙結さまが必要ですから。
わたくしは車の中で待っていますので、何かありましたら
ご連絡ください。すぐに駆けつけます」

　柏葉さんに病室を教えてもらい病院の中へ。

　エレベーターを見つけ目的の階のボタンを押して、さっ
き聞いた病室の番号を探す。

　……あっ、あった。ここだ。

　栗原芭瑠──と書かれたプレートが目にとまる。

　個室……かな。

　コンコンっと軽くノックをして、扉をスライドさせた。

　手が震えていた。

　容態を聞いているとはいえ、不安で仕方ない。

　ゴクッと息を呑んで、前をしっかり見る。

　少しずつ足を進め、ベッドのほうへ。

　そこに──スヤスヤと眠る芭瑠くんがいた。

　倒れたと聞いて心配したけれど、今こうして安静に眠っ
ている姿を自分の目で見てホッと胸を撫で下ろす。

　ベッドの真横を見れば……点滴を打ってもらったことが
わかる。

　疲労で倒れるなんて、かなり無茶をしていたとしか思え
ない。

　御堂くんも言っていた……倒れたのは今回が初めてじゃ

ないって。

　ベッドのそばにあった椅子に腰かけ、起こさないように
そっと芭瑠くんの髪を撫でる。

　教えてほしい。いったい何をひとりで背負っているのか。

　自分の身体を犠牲（ぎせい）にしてまで、何にそこまでこだわって
いるの……？

　こんな状態の芭瑠くんを見て、もうこれ以上無茶しない
で……と思うのはダメなことなの……？

　泣くつもりなんてなかったのに、心配と不安で瞳がゆら
ゆら揺れる。

　ギュッと目を閉じたら、涙がゆっくり頬を伝っていく。

　視界がぼやける。

　すると、一瞬芭瑠くんの身体がピクッと動いた。

「……ふ……ゆ？」

　声がするのに、涙のせいではっきり映らない。

　しかも、こんな泣き顔見せたくない……っ。

　すぐに自分の手で涙を拭うと、さっきまで眠っていた芭
瑠くんが目を開けていた。

　心配でたまらない……っ。

　こんなに弱ってる姿を初めて見たから。

「……なんで泣いてるの？」

「倒れたって……聞いたから……っ」

「……点滴打ってもらってるから大丈夫。そんな泣かなく
てもすぐ元気になるから安心して」

　心配させないために気遣って、その場しのぎの言葉を並

べられても大丈夫なんて思えないよ……。

　その気遣いが今は苦しい。

「もう、無理しないで……っ」

　わがままだって思われてもいいから、せめてこのお願い
だけは聞いてほしいのに……。

「……へーき。無理してないから」

「た、倒れてるのに、無理してないとか嘘でしょ……っ」

「ほんとだよ。２、３日したら回復するだろうし」

「でも、また倒れたら……っ」

　不謹慎かもしれないけど、次また倒れたら……って想像
して不安に駆られる。

「……芙結は心配性だね」

　大丈夫だよって笑いかけてくれるけど、それでも不安は
拭いきれない。

　ゆっくり身体を起こして、そっとわたしを抱きしめた。

「……これくらいなんともないから」

　安心させるためにくれる言葉が素直にうまく受けとめら
れない。

　だって、肝心なことを何も話してくれないから。

「……どうしてそんな無茶するの……っ。自分の身体なん
だよ？　もっと大切にしなきゃダメだよ……っ」

「……」

「それに、わたしには何も話してくれないから……っ。住
む世界が違うし、わたしが何も力になってあげられないの
はわかってるけど……っ。でも、芭瑠くんがつらそうにし

てるところは、もう見たくないよ……っ」

　弱っている芭瑠くんにこんなこと言うの間違ってる。

　ただ、今まで募ってきたものが胸の中で抑えきれずに出てきてしまう。

「……ごめんね、心配ばっかりかけて」

「違う……っ。謝ってほしいわけじゃない……っ」

　これ以上わたしが感情的になれば、芭瑠くんへの負担がますます増えるのでグッと抑え込もうとする。

「ただ……わたしはこれ以上もう——」

　無理をしてほしくないって伝えようとしたけど言えなかった。

　ううん……言わせてもらえなかった。

　芭瑠くんの人さし指が唇にトンッと触れて、まるでそれ以上は言わないでといわんばかり。

　少し遠く感じる……心の距離が——。

　今までうまくいっていたはずの、わたしたちの関係に少しずつ綻びが見え始めてきた。

　どちらが悪いって、そういう問題じゃない。

　最近何度も感じてきた、住む世界の違い。

　一緒にいた時間は長いはずなのに、少しのすれ違いでそれがすべて霞んでしまう。

　やっぱり、小桃さんみたいな人と一緒にいるほうが芭瑠くんにとっては幸せなんじゃないかって……。

　前に小桃さんに言われたことが頭の中をよぎる。

　自分の立場がわかったら、早く芭瑠くんのそばから離れ

て身を引くほうがいいと。

「……今は僕の言葉を信じてほしい」

「っ……」

　信じることの難しさを痛感した——。

そばにいる難しさ。

あれから3日が過ぎた。

芭瑠くんは2、3日で治ると言っていたので、本来ならもう帰ってきてもいい頃なんだけど。

退院すればまた無茶をすると判断されて、1週間ぜったい安静と言われ入院が続いている。

もちろん、その間はお屋敷に帰って来られないし、学校も休んでいる。

あの日──芭瑠くんの言葉になんて返したらいいかわからず、何も答えないまま病室をあとにした。

あの場面で『信じて待っている』と言えるほど、心に余裕はなかったから……。

優しい芭瑠くんは、そんなわたしに気を遣って『すぐ退院するからお見舞いは大丈夫だよ』と、言ってくれた。

だから、この3日間……一度も病院に足を運んでいない。

でも、会いたい気持ちだってある。

芭瑠くんがいないと不安だし、すごくさびしい。

ひとりで食事をして、広い部屋で過ごして。

いつも夜寝る前、必ずそばにいてくれる芭瑠くんがいなくて、それは目が覚めてからも同じ。

ひとりの空間はこんなにさびしくて心細いんだって、あらためて実感した。

柏葉さんは気を遣ってくれているのか、芭瑠くんが今ど

ういう状態なのか教えてくれる。

　ただ、わたしたちの間に何かあったことを察しているのか、無理に会いにいってほしいとか、そういうことは口にしてこない。

　いつもどおり学校で授業を受けて、お屋敷に帰ってくる。

　何も変わらない日常。

　ただ、そこに芭瑠くんはいない……。

　10年前みたいに、突然姿を消したわけじゃないから。

　自分から会いにいく意思があればいつだって会える。

　だけど、芭瑠くんとの間に溝ができてしまったような気がして。

　そこからまた数日……わたしは芭瑠くんに会いにいくことを選ばなかった。

　そして、退院予定の前日まで来てしまった。

　気づけばここ数日、何も考えずにただなんとなく時間が過ぎるのを待っていただけ。

　芭瑠くんが何かを抱えているときだからこそ、支えてあげられる存在にならなきゃいけないのに……。

　ほんとに情けない。

　学校が終わると、いつもどおり柏葉さんが車で迎えに来てくれる。

　車に乗り込み、いつものようにお屋敷に帰るかと思った。

　だけど、なかなか発車しない。

　どうしたんだろうと思い、声をかけようとしたとき。

「芭瑠さまに会いにいかれてはどうでしょうか？」

　突然の提案に戸惑った。

　だって、今まで一度も言われなかったから。

「どうしてですか……」

　ここで素直に“はい”と言えず、質問で返してしまう。

「芭瑠さまのためです」

「わたしがいったところで、何もできない……ですから」

　これで諦めてもらえるかと思いきや、柏葉さんは予想外
なことを口にした。

「木科小桃さまのことはご存知ですよね？」

「し、知ってます。この前お会いしました」

「小桃さまは、毎日のように芭瑠さまに会いにいってらっ
しゃいます」

　あからさまに心臓が嫌な音をドクドク立てる。

　柏葉さんは、いったいわたしに何を求めているの……？

　わざわざ小桃さんのことを言うなんて……。

　普段の柏葉さんならぜったい口にしなさそうなのに。

「小桃さまには悪いですが、芭瑠さまが本当に会いたいの
は芙結さまかと思います。ですから、少しでもお会いになっ
ていただけないですか？」

　結局、断れずに来てしまった。

　というか、小桃さんの名前を出されたから、それが気に
なって来たのもある。

　もちろん、芭瑠くんの体調の心配がいちばんだけれど。

　病室の前に着いて、扉に手をかけたときだった。

「芭瑠は、なんで小桃がそばにいてもそんな浮かない顔ばっかりなの」

　中からそんな声が聞こえて、扉をスライドさせる手を途中で止めた。

　……今日も小桃さんは、お見舞いに来ているんだ。

　だとしたら、とんでもないタイミングで来てしまったと後悔する。

「1週間、芭瑠が入院してるのに、あの子お見舞いにも来ないし。そんな子を待ってるって言いたいの？」

　小桃さんは怒りを抑えた口調で話している。

「……芙結には、お見舞いは大丈夫って言ってあるから来ないだけ」

　結局、わたしは芭瑠くんの優しさに甘えてばかり……だ。

「いいじゃん、あんな子さっさと忘れちゃえば。小桃のほうが小さい頃から芭瑠のそばにいるし、芭瑠の苦労してきたことだって見てきたから」

　小桃さんの言っていることは何ひとつ間違っていない。

　芭瑠くんは……何も言わない。

　扉を少し開けて会話を聞いているので、表情までは見えない。

「あんな子、芭瑠にはふさわしくない。それに……どうして……小桃との婚約まで破棄しちゃうの」

「……芙結のことを悪く言うのやめてくれる？　僕にはそばにいたい子がいるって前から言ってるし。だから、小桃

とは一緒にいられないって、前にきちんと断ったはずだけ
ど。それで小桃も、木科さん——小桃のお父さんも納得し
たじゃん」

　わたしの知らない芭瑠くんと小桃さんとの間の話。

　聞いちゃいけないと思いつつ、気になってこの場を動け
ない。

「でも……っ、芭瑠にとってわたしと結婚したほうが将来
的にメリットだって——」

「……小桃。それ以上余計なこと話すなら悪いけど帰って」

「っ……。何それ、なんでそんなにあの子がいいのかほん
とわかんない……っ！」

　感情的になった小桃さんが椅子から立ち上がる音がし
て、まずいと思った。

　このままこちらに来られたら、話を聞いていたことがバ
レてしまう。

　なんて——考えている間にも、目の前の扉が勢いよく開
けられた。

　もちろん……小桃さんの手によって。

「……はっ？」

　まさか扉を開けたところにわたしが立っているとは思っ
てもいなかったのか、小桃さんは驚いていた。

　それと同時に、何しにきたのって顔でこちらを見てくる。

　わたしは扉から1歩下がって距離を取った。

　すると、小桃さんは何も言わずに病室を出て扉を静かに
閉めた。

「なに、盗み聞きでもしてたわけ？」

「ち、違います……。たまたまです……」

　はぁ、とため息をついて腕を組みながら壁にもたれかかる小桃さん。

「今さら何しにきたの？　芭瑠が入院してる間いっさいここに来なかったくせに」

「それは……っ」

　その先の言葉が見つからなかった。

　わたしが勝手に芭瑠くんと距離を感じて、逃げていただけだから……。

「どうしてあなたみたいな子が芭瑠に想われてばかりなの？　小桃のほうが芭瑠のことわかってて、あなたよりぜったい好きな自信あるのに。それなのに……いつだって芭瑠はあなたを選んでばかり……」

　最初は勢いよく話し始めたのに、最後のほうは消えてしまいそうな声。

　小桃さんの瞳にはうっすら涙がたまっていた。

　こんなに感情があふれるほど、小桃さんは芭瑠くんのことが好きなんだ。

「あなたは何もわかってない……。芭瑠がこうやって倒れたのは一度じゃない、過去に何回もある。ぜんぶ無理のしすぎ。誰が注意しても聞かなくて、いつも無茶ばっかりする。──それはぜんぶ、あなたのせいなんだから……っ」

　わたしの……せい……？

　芭瑠くんが倒れるくらいまでになる原因は、わたしにあ

るってことなの……？

　頭の中がうまく整理できない。

「芭瑠はあなたとそばにいることを選んだから。芭瑠のお父さんが言うことすべてに——従うことを条件にね」

「……」

「あなたと一緒に過ごすためだけに、芭瑠はお父さんからの条件をすべて受けて、こなしてきてるんだから。将来、会社のトップに立つ人間として、大人でも大変な業務だってこなしてる。それがどれだけつらいことか、あなたにはわからないでしょ……っ！」

　あれからどれくらい時間が経ったんだろう。

　小桃さんは言いたいことをすべて吐き出して、泣きながら病室の前から去っていった。

　残されたわたしは、ただ呆然とその場に立ち尽くして、どうすることもできずにいた。

　小桃さんに言われたことを真に受けて、ますます芭瑠くんのそばにいられる自信がなくなった。

　わたしがそばにいても、芭瑠くんにとっては何もいいことない、苦しめてばかり……だ。

　好きって気持ちがあるだけじゃ……どうにもならない。

　一度深く呼吸をして目を閉じた。

　そして、覚悟を決めて目の前の扉をゆっくり開けた。

　扉は横にスライドして、音をまったく立てない。

　でも、誰か入ってきたことは気配でわかるのか、足を踏

み入れてベッドのほうを見れば、芭瑠くんの目線がこちら
に向いていた。

　久しぶりに会えて顔を見れて嬉しい気持ちが込み上げて
くる。

　ベッドのほうへ近づいて、椅子にそっと腰かけた。

　同時に芭瑠くんがベッドから身体を起こした。

「……久しぶりだね。会いに来てくれたんだ？」

「っ……」

　怒るどころか、優しい口調で言うから胸が痛くなった。

「小桃さん……みたいに、毎日来てあげられなくてごめん
なさい……」

　ここで小桃さんの名前を出すのは違うとわかっているの
に口にしてしまった。

　芭瑠くんの顔が見られなくて、下を向いて唇をギュッと
噛みしめる。

「なんで小桃の名前出すの？　今カンケーないのに」

　あぁ、ほら。機嫌を損ねたのが声を聞いただけでわかる。

「……僕は芙結のことを待ってたのに」

　その言葉は本来嬉しいもので、素直にそれを受け止める
ことができたらいいのに。

　小桃さんに言われたすべてが引っかかってばかり。

　芭瑠くんが倒れてしまったのはわたしのせい……。

　わたしがそばにいたら芭瑠くんはこれから先、幸せにな
れないんじゃないかって……。

　わたしが邪魔をしてる——そう感じてしまう。

スッと目を閉じて、胸にそっと手を当てる。

正直、今……心に余裕がない。

自ら手放すなんて考えたこともなかった。

だけど、今は少し距離を置きたいと……勝手な思いが空回り。

「はる……くん……」

ゆっくり口を開こうとしたら、それを遮るように芭瑠くんが身体を乗り出して顔を近づけてきた。

「っ……」

とっさによけた……。

最低なことしてるって、わかってる。

でも、今は何が正解かわからない……っ。

「……悪いことなら聞かないよ」

しっかり瞳を見れば、ひどく悲しそうな笑顔がこちらを見ていた。

胸が痛い……。

わたしのために、これ以上芭瑠くんが無理をする姿は見たくない……。

それなら、離れたほうがいっそのこと、お互いのためなんじゃないかって……。

勝手だけど、今はこうするしかない。

「もう、わたし……芭瑠くんのそばにいられない──」

震える声と、瞳からあふれる涙。

視界がにじんで見えないはずなのに、芭瑠くんの指先が優しく触れて涙を拭ってくれる。

　なんでそんな優しい手つきで触れるの……っ。

　すごく勝手なこと言ってるのに……。

「泣かないで」

「……っ」

「って……泣かせてるのは僕か」

　そうじゃないって意味を込めて、首を横に振る。

「……無理しなくていいよ」

　いっそのこと怒ってくれたらいいのに。

　そばにいられないなら勝手にすればいいって、それくらい冷たく突き放されたほうがマシかもしれない。

　なのに、芭瑠くんの優しさは変わらない。

「ただ……ひとつだけ覚えておいて」

　真剣に、しっかり瞳を見つめてはっきり言った。

「僕は芙結じゃなきゃダメだから」

　なんの迷いもなく伝えられた言葉に、何も返すことができなかった。

見えない心の距離。

　芭瑠くんから離れることを選んだわたしは、自分の家へと帰ることにした。

「ほんとにいいの〜？　芭瑠くんの家を出ちゃって」

「……いいの。もう決めたことだから」

　お屋敷から簡単に荷物をまとめて帰ってきたところで、お母さんは不満そうな顔をしていた。

「遊びにきたのかと思ったら、帰ってきたって言うからびっくりしちゃったわよ」

「ごめんなさい……。いきなり帰ってきて」

「そんな謝ることじゃないわよ。だって、ここはあなたの家なんだから」

　とりあえずしばらくは自分の家で過ごして、学校は変えられないのでそのまま家から通うことになった。

　あとで行き方を調べないと。

　自分の部屋に入ってみたら、半年前とまったく変わっていない。

　わたしがいない間もお母さんがしっかり掃除をしてくれていたのか、ホコリっぽさもなくて綺麗な状態。

　いつでも帰ってこられるようにしといてくれたんだ。

　お屋敷から持ってきた荷物の整理をして、その日はとりあえず眠りについた。

そして迎えた翌朝。

いつもは柏葉さんが車で送ってくれていたけど、今日からは自力でバスと電車を乗り継いで行かなくちゃいけない。

昨日調べてみたら通学時間は片道40分くらいかかる。

早めに起きて、支度をしてリビングで朝ごはんを食べる。

「学校は行けそう？　もし無理そうだったらお母さんが車で送って行こうか？」

心配そうに声をかけながら、紅茶を持ってきてくれた。

「大丈夫だよ。バスと電車使えばなんとか行けそうだし」

朝ごはんを食べ終えて、制服に着替えをすませた。

すべての準備を整えて部屋を出ようとしたとき。

ふと、テーブルに目がいった。

毎日欠かさず身につけていた——指輪が通されたネックレス。

もうこれからつけることはない……のかな。

スッと手に取り、アクセサリーボックスの中へとしまい部屋を出た。

少し時間はかかったけれど無事に学校に到着。

芭瑠くんとはクラスが同じだから、ぜったいに顔を合わせることになる。

正直、会うのが気まずい。

わたしの勝手な理由で離れてしまって、どんな顔をして会えばいいのか。

……でも、そんな心配は不要だった。

わたしがそばを離れて2週間。

　芭瑠くんはずっと学校を休んだから──。

　気づけばもう11月に入っていた。

「ねぇ、芙結ちゃん？」

「なに？」

　今はお昼休み。

　いつもと変わらず詩ちゃんと席でお弁当を食べている。

「聞かないほうがいいかと思ってたけど……。栗原くんと何かあった？」

「っ……」

「ここ最近、芙結ちゃん元気ないし、栗原くんずっと休んでるし。……ふたりの間に何かあったのかなって」

　きっと今まで聞いてこなかったのは、詩ちゃんなりの気遣いかもしれない。

「あっ、もし話したくなかったら無理して話さなくても大丈夫──」

　詩ちゃんが話している途中だったけど、いきなりわたしたちの席の真横に誰かが立った。

「それは、芙結ちゃんが芭瑠のそばを離れることを選んだから……だよね？」

「み、どう……くん」

　あれから御堂くんが少し話せないかと提案してきたので、断る理由もなく屋上へ。

「ごめんね、詩ちゃんと話してたところ遮っちゃって」

「ううん、大丈夫」

　今、お昼休みが終わるチャイムが鳴った。

　5時間目の授業参加できないけどいっか……。

　どうせ受けても上の空だし。

「さて、どうして俺が芙結ちゃんを誘ったでしょうか」

「芭瑠くんのこと……?」

　わたしと御堂くんの共通の人といえば、芭瑠くんか詩ちゃんしかいないから。

「せーかい。芭瑠の家から出たんだって?」

「うん……」

「そっかー。柏葉さんとも連絡取ってない感じ?」

「取ってないよ」

「そうなんだ。柏葉さんのことだから、てっきり芙結ちゃんに連絡してるのかと思ったけど。最近の芭瑠ますますやばいからなー」

　あまり深刻そうじゃなくて軽い感じで言われたので、どういう反応をしたらいいんだろう……。

「あっ、もちろん悪い意味でね」

「悪い……意味」

　わたしが知らない、離れていた2週間で芭瑠くんに何かあったってこと……?

「アイツもうすぐぶっ壊れるんじゃないかなー」

　平気な顔して物騒なことを言うから、どう受け止めたらいいのかわからない。

「俺も付き合い長いけど、あんな放心状態みたいになって

る芭瑠は初めて見たよ。魂抜けてるんじゃないかってね」

「……」

「最近ちょくちょく様子見にいってるんだけどさ。こんな
ひどいのは初めてなんだよね」

「ひどい……って？」

「芙結ちゃんがそばにいないだけで、自分を見失ってるっ
て言ったらわかりやすいかな」

「でも……、芭瑠くんはそばを離れるとき止めなかったか
ら……。だから、わたしがいないほうが——」

「それは違うよ。芙結ちゃんのことを考えて、何も言えな
かっただけなんじゃない？」

　パッと頭の中に浮かぶ。

　あの日の——芭瑠くんがひどく悲しそうに笑っていたこ
とが……。

「たぶん、相当いま傷ついて弱ってるよ。ふたりの間に何
があったか俺はわからないから、あんまごちゃごちゃ言う
のは違うかもしれないけど。これだけ聞いて」

「……」

「芭瑠には芙結ちゃんしかいない」

「っ……」

「だから、アイツのそばにいてやってほしい」

　御堂くんの言葉が痛いほど胸に刺さる。

　そばにいたい気持ちがないわけじゃなくて……。

　でも、わたしのせいでこれ以上、芭瑠くんが無理をする
姿を見たくない。

それならそばにいたくない、いられない。

……矛盾する気持ちが駆けめぐる。

「はぁ……」

学校が終わり家に帰ってきた。

すぐに自分の部屋へ行き、ベッドに身体を倒す。

御堂くんと話したお昼休み。

結局わたしは、話を聞くだけで何も返すことはできなかった。

ここで、そばにいられると言えるほど——わたしはそんなに強くない。

ただ、今の芭瑠くんの状態はすごく気になる。

御堂くんは詳しいことは言わなかったけれど、かなりひどいと言っていたから……。

今すぐ顔を見たい、会いたいって思う。

自ら離れることを選んだくせに、会いたいなんておかしな話。

今は自分がどうするのが正解なのかわからない。

ギュッと目を閉じると、涙が目尻からスッと流れる。

このまましばらくひとりで眠りたいと思ったとき——部屋の扉がノックされた。

たぶん、お母さんだ。

いつもノックなんかせずに入ってくるから、あらたまってどうしたんだろう。

「ちょっと入ってもいいかしら？」

　やっぱりお母さんの声で、そのままゆっくり扉が開いた。

　部屋の中は真っ暗なので、部屋の外の明かりが入ってきて入り口だけ明るい。

「急にごめんなさいね」

「……ううん、大丈夫」

　身体をベッドから起こして話を聞く。

「今ね……外に柏葉さんがいらっしゃってるの」

　予想外の人の名前が出てきて、正直すごく驚いた。

「今……来てるの？」

「ええ。芙結に会いたいってわざわざ来てくださったみたいなの。用件は聞いてないけど、芙結が会える状態なら少し話がしたいみたい。ただ、無理にとは言わないって」

　柏葉さんが来るということは、もちろん芭瑠くんのことについてだと思う。

　今日、御堂くんと話したばかりで今もまだ気持ちの整理はまったくついていない。

　だから、そんな中途半端な状態で会っても意味ない……から。

「……ごめんなさい、会いたくない」

　わたしって本当に弱くて逃げてばかり。

　自分のことしか考えてない。

　いつになったら、うまく向き合えるんだろう。

「そう。じゃあ、断ってくるわね？」

「……うん」

　お母さんは断った理由を聞いてくることなく、優しい声

で言うと部屋の扉をそっと閉めた。

　ベッドのそばにある窓。

　しばらくしてカーテンを少しだけ開けて外を見れば……

柏葉さんの車が走り去っていくのが見えた。

王子様の隠した秘密。

　芭瑠くんのそばを離れて約1ヶ月。

　短いようで、わたしにとってはとても長く感じた1ヶ月だった。

　芭瑠くんは前と変わらず学校を休んだまま。

　きっと優秀だから、少し休んでもテストで挽回（ばんかい）できるから卒業できない心配はないと思う。

　あれから、柏葉さんが家に来ることもないし連絡もない。

　御堂くんも何も言ってくることはなく、いつもどおり接してくれている。

　これで、本格的に芭瑠くんはわたしを忘れてしまうのかな……と思い始めた。

　もしかしたら今、小桃さんがそばにいたりするのかも。

「……ゆ、ちゃん」

「……」

「ふーゆちゃん！」

「あっ……」

　詩ちゃんに声をかけられてハッとする。

「それ取ってもらっていいかな？」

「あっ、うん」

　今は図書室で本の整理をしているところ。

　詩ちゃんが図書委員で仕事を頼まれたんだけど、もうひとりの図書委員の子が用事があるということで、代わりに

わたしが手伝っている。

「ごめんね、放課後なのに手伝わせちゃって」

「ううん、大丈夫だよ。帰ってもやることないし」

　少し前に詩ちゃんに芭瑠くんとのことを話した。

　すべて話し終えたら、詩ちゃんは何も言わずにわたしを抱きしめてくれた。

　そして──『ひとりでいろんなこと抱えてたんだね。ごめんね、気づいてあげられなくて』と、言ってくれた。

　しかも、なぜか詩ちゃんが泣いてしまって。

　つられてわたしまで泣いて。

　それから詩ちゃんは何かあったらぜったい相談してと言ってくれた。少しでも力になりたいからと。

　あらためて詩ちゃんみたいないい子に出会えて本当によかったと、思わず笑みがこぼれた。

「あっ、芙結ちゃん笑った！」

「え？」

「やっぱり芙結ちゃんは笑顔のほうが可愛いよ！」

「そう……かな」

　そういえば最近あんまり笑ってない気がする。

　何か面白いことがないとかそういうわけじゃなくて。

　ただ……心にポッカリ穴が空いて、なんとなく過ぎていく毎日があまり楽しくないと感じてしまうから。

「ひとりで抱え込んじゃダメだからね！　いつでも相談に乗るからなんでも話してね！」

「ありがとう」

　きっと、もっと時間が経てばどんどん忘れていくだろうから……。

　今はただ、時間が流れていくのを待つしかない。

　本の整理が終わり、詩ちゃんと門を出たところで別れた。

　スマホで時間を確認してみれば、夕方の6時。

　ちょっと遅くなっちゃったかな。

　お母さんに今から学校を出ると、メッセージを送ろうとしたとき。

　パッとスマホから目線を外してみれば、見覚えのある人物が立っている。

　わたしが向こうの存在に気づいたとほぼ同時、向こうもわたしの存在に気づいてこちらに寄ってくる。

「お久しぶりです、芙結さま」

　柏葉さん……だ。

　まさか突然ここに来るなんて思ってもいなかったし、前に家に来てもらったとき会うのを拒否したからどんな顔をしたらいいんだろう。

「お久しぶり……です。この前は来ていただいたのにすみませんでした」

「いえ。わたくしのほうこそ連絡も差し上げず、突然失礼いたしました」

　この前、会うのを断ったのにもかかわらず、またこうして学校まで来るということは……。

「あの……今日は何か？」

「わたくしから、どうしても芭瑠さまのことでお話ししたいことがございます」

「話したいこと……ですか？」

「はい。少しお時間をいただけないでしょうか？」

「わかり……ました」

　お母さんに少し遅くなるとメッセージを送った。

　ここだと話しにくいということで、いったんお屋敷に行くことに。

　一瞬、芭瑠くんと会ってしまうんじゃ……と、戸惑ったけど芭瑠くんは今お屋敷にいないと柏葉さんが言った。

　そして今回、柏葉さんは芭瑠くんに頼まれたから会いに来たのではなく、独断で来たと話してくれた。

　しばらく車を走らせて、お屋敷に到着した。

　そのまま客室のような、入ったことがない部屋に通されて、メイドさんが紅茶とお菓子を用意してくれた。

　そして、しばらくして柏葉さんが中へ入ってきた。

　テーブルひとつ挟んで、わたしの正面に座る。

「お待たせして申し訳ございません」

「い、いえ……」

「先ほどもお伝えしたのですが、芙結さまをここにお呼びしたのは、聞いていただきたいお話があるからです」

「はい……」

　すぐに話を始めるかと思えば少しの間、沈黙が続いた。

　そして、柏葉さんがゆっくり口を開いた。

「……薄っすらお気づきかと思いますが、芭瑠さまは今お

父さまの会社を継ぐために多くのことを学ばれています」

「はい……」

「それは幼い頃から変わっていません。それでもまだ、芭瑠さまには学ばなくてはいけないことがたくさんあります。それと同時に、責任やプレッシャーを感じることも多くあります。まだ高校生の芭瑠さまにはかなりの負担になっているかもしれません」

そのあと柏葉さんは話し続けた。

芭瑠くんは将来会社のトップに立つ人間にならなくてはいけないこと。

今の段階でそれを求めるのは酷かもしれないけれど、芭瑠くんの将来はもう決まったもので。

常に成長し続けなければいけないし、求められたらそれ以上の力でやり抜くように……と、常にお父さんに言われていること。

きっと、わたしが知らないところで芭瑠くんはたくさんの期待とプレッシャーの中で求められたことに応えられるよう、ひたむきに努力を重ねてきたんだ。

「同じ歳の方たちよりは、かなり苦労しているとわたくしは思います。決められたレールに沿って、決められた道しか進めない。これがどれだけつらいことか」

ただ話に耳を傾けることしかできず、何も声を発せない。

芭瑠くんはどんなにつらくても、わたしの前ではぜったいに弱いところは見せない。

わたしが知っている芭瑠くんは、何をするにもそつなく

こなして、非の打ちどころがない。

　だけど、それは生まれ持った才能もあるかもしれないけれど、芭瑠くんが今まで培ってきたものがあったから、常に完璧を求められる世界で生きてきたから……。

「昔から、お父さまは芭瑠さまに厳しいことを言われてきました。そんな様子をずっと見てきたわたくしからしてみれば、いつか芭瑠さまは逃げ出してしまうのではないかと思うこともありました。──ですが、そんなことは一度もありませんでした」

「……」

「昔……芭瑠さまが8歳の頃。その当時、芭瑠さまには想いを寄せている同い年の女の子がいまして。その子のためなら、どんなことだって頑張れると──お父さまに約束をしました」

　8歳……それはちょうど10年前。

　わたしの前から突然芭瑠くんがいなくなったとき。

「そして、お父さまは芭瑠さまに言いました。大切な子のそばにいたいなら、その子を守れるくらいの、立派な人間に成長しなさいと」

　なんだろう……っ。泣いちゃいけないのに、瞳に涙がたまって鼻の奥がツンッと痛む。

「ただお父さまは少し厳しく、お父さまが認めるまでは、その子との関わりを一切禁止にされました」

　勘違い……じゃないと思いたい。

　今この話は……もしかしたら──。

「その代わり認めるまで成長できたら、自由な時間を過ご
していいと条件を出されました。そこから、芭瑠さまはお
父さまが求めることに対して全力で応えていました。嫌だ
と逃げ出すことは一度もなく……」

　付け加えて、「今の段階で完全に認めていただけたわけ
ではないのですが……」と。

　昔の出来事がすべて重なる。

　突然姿を消した芭瑠くんの……空白の10年間。

　その間、今のわたしとの時間を過ごすために必死に努力
をして、ずっと想い続けてくれていたんだ。

　前に言っていた。『芙結のためならどんなことだって乗
り越えられる』って。

　この言葉の裏側にまさか——こんな隠された事実があっ
たなんて。

「今の芭瑠さまがいるのは……芙結さまのおかげと言って
もいいくらいなんです」

「そんな……っ」

「芙結さまのためなら芭瑠さまはどんな困難も乗り越えて
きました。だからこそ、今の芭瑠さまにはあなたの存在が
必要不可欠なんです」

　胸にしっかり響いてくる言葉。

　こぼれ落ちる涙を人さし指でそっと拭う。

「今もかなり大変なときですが、芙結さまがそばにいるか
ら頑張れると常に言っておられました。ですから——ひと
つだけ、わたくしのお願いを聞いてください」

「……」

「もし、今の芙結さまが少しでも芭瑠さまのそばにいたい
お気持ちがあるのならば、そばで支えていただけないで
しょうか……？」

　そばにいたい気持ちがないわけじゃない。

　ただ……わたしのために芭瑠くんが無理をする姿をこれ
以上見たくない。

「わたしのせいで、芭瑠くんは倒れるまで無茶をしてるん
じゃないんですか……っ」

「それは違います。芭瑠さまは自分なりにどの選択がベス
トかを悩んで、きちんと決められて今があります。多少や
り方が強引なときもありますが……」

　後継者としての責任と重圧。

　わたしには計り知れないほどのものがある……。

　心の支えにもなれなかった。わたしのために芭瑠くんは
今までずっと苦しい世界で過ごしてきたのに。

　無力な自分が悔しくて悔しくて仕方ない。

「あなたがいなければ、芭瑠さまは今のこの環境から逃げ
出していたかもしれません。今の芭瑠さまがいるのは、芙
結さまのおかげなのです」

　そばにいないほうが、芭瑠くんのためだと思っていた。

　でも、それは間違ってた……？

　あのときは、どうあるべきか正解がわからなくて、距離
を置くことを選んだけれど……。

　正解とかそんなの何もない。

　ただ、そばにいたいと思う気持ちがあれば、それでいいのかもしれない……。

　そばを離れて、今さらこんなことを思うのは勝手だっていうのは十分わかってる。

　でも、今……無性に芭瑠くんに会いたくて仕方ない。

　そして、会ったら真っ先に抱きしめて伝えたい。

　わたしのために、幼い頃から今まで頑張ってきてくれて、本当にありがとうって……。

　今度はわたしが、支えられるように強くなれるように頑張るから。

　もう二度と、そばを離れないと約束するから――。

そばにいたい気持ち。

　あれからしばらくして、わたしは客室を出て芭瑠くんと過ごしていた部屋に通してもらった。

　今すぐ芭瑠くんに会いたいと柏葉さんに伝えたら少しびっくりした顔をされたけど、すぐに嬉しそうな顔をして「お部屋でお待ちください」と言ってくれた。

　部屋の中に入ってみたら前と全然変わってない。

　たった1ヶ月だけなのに……なんだかもう半年以上も会えてないような錯覚に陥る。

　芭瑠くんは、わたしがいなかった1ヶ月間をどう感じたんだろう？

　わたしと同じように、少しでもさびしいとか思ってくれたのかな……。

　部屋の奥に進んで寝室の扉を開ける。

　そのままベッドの上に座り、身体を横に倒すと芭瑠くんの匂いがする。

　まるで今こうしているだけで、芭瑠くんに抱きしめられているみたいな……。

　このまま目を閉じたら意識が飛んじゃいそう。

　芭瑠くんが部屋に戻ってきて、いきなりわたしが眠ってるところに遭遇したら、ぜったいびっくりするから起きていないといけないのに。

　ふわふわと意識がどこかにいってしまいそう。

　フッと目を閉じたら、そのまま深い眠りに誘われて落ちた──。

　頰を誰かに触られているような気がする。

　それに名前を呼ばれているような……。

　眠っている意識が少しずつ戻ってきて、重たいまぶたをゆっくり開けると……。

「……なんで、芙結がここに？」

　そこにいたのは──芭瑠くんで。

　わたしを見てかなり驚いている様子。

　目の前にいる芭瑠くんが懐かしくて、無性に抱きしめてほしくなる。

「夢……じゃない？」

「いや、それ僕のセリフ……」

「え？」

「帰ってきたらいきなり芙結がいるから。ついに幻覚見え始めたのかと思って焦ってるんだけど」

　頰に触れている手がゆっくり動いて、まるでわたしがここにいるのをたしかめているような撫で方。

「本物の芙結……なの？」

　いまだに信じられないのか、困った顔をしている。

「ほ、本物……です」

　触れてくる芭瑠くんの手に、そっと自分の手を重ねる。

「……何これ。信じられない」

　柏葉さんには何も聞いてないのかな。

　もっと重い空気での再会を予想していたから、少し拍子抜けした。

　わたしは夢の中かと思っちゃうし、芭瑠くんはわたしが本物か疑っちゃうし。

　身体を起こして芭瑠くんの瞳をしっかり見る。

「あの……わたし何も知らなくて、勝手にそばを離れちゃって本当にごめんなさい……」

　言いたいことをまとめておくはずだったのに、寝てしまったせいで何を伝えたらいいのかまとまっていない。

「今の芭瑠くんには、わたしの存在が邪魔をしてるって思っちゃって……。芭瑠くんの大変さを何ひとつわかってあげられなくて、それで――」

「……いいよ、もう」

　優しい声でそう言ったかと思えば、ギュッと抱きしめられた。

「僕は……芙結がこうして会いにきてくれただけで十分だから」

　どうしてこんなに優しいの……っ。

　今さら戻ってきて、どういうつもりとか思ったりしないの……？

「あんな言い方して勝手に芭瑠くんのそばから離れたのに」

「あれは、すごくショックだったけど。僕も悪いところあったから。芙結が抱えてる不安に気づけなくて、目の前のことでいっぱいで。本当に大切な人をしっかり守ることができなかったから」

「っ……」

「不安にさせてばかりで本当にごめん」

「そんな……っ、芭瑠くんが謝ることじゃないよ……っ。何もわかってなかったのはわたしのほうだから」

　それと、伝えなきゃいけないことだって——。

　少し身体を離して、芭瑠くんの瞳を再度しっかり見た。

「……今まで、わたしと過ごすためにたくさん頑張ってきてくれて、本当にありがとう……っ」

　言葉足らずで、うまく伝えられない。

　もっとちゃんと言えたらいいのに……。

　ただ、これ以上の言葉を探しても今は見つかりそうにないから——。

「僕がここまでこれたのは、ぜんぶ芙結がいてくれたからだよ……」

　やわらかく笑った。

　やっぱり、わたしはこの笑顔が大好き……だ。

「柏葉さんに……いろいろ聞いたの」

「柏葉に？」

「……うん。お父さんと約束してたんだね。わたしと過ごすために、どんなことでもやり抜くって、乗り越えるって」

「芙結のためならなんだってやり抜ける自信があったから。ただ、そこにたどり着くまでにすごく時間がかかって迎えに行くの遅くなっちゃったけど」

　芭瑠くんは本当に律儀で優しい人。

　そんな人のそばを離れてしまうなんて……。

　　もっと芭瑠くんの言葉を信じればよかったと、今さらながら後悔する。
「あの……、すごく今さらかもしれないんだけど、いっこ聞いてもいい……っ？」
「ん、なに？」
「わたしは——これからも芭瑠くんのそばにいていいのかな……」
　　なんて返ってくるか少し不安だったけど、迷うことなく答えてくれた。
「もちろん。ってか、芙結がいてくれないと僕がダメになるよ」
　　ギュッて抱きしめたら、同じ力で抱きしめ返してくれる。
「もっと、わたしも芭瑠くんみたいに人として成長できるように頑張る……から。隣に並んでも恥ずかしくないように、ふさわしい人になりたいって思ったの……っ」
「芙結は今のままで十分素敵な子だよ」
「そんなことないのに……っ」
「それに、ふさわしいとか誰が決めるの？　僕が芙結を選んだんだから、堂々としてればいいんだよ」
「芭瑠くん優しすぎるよ……っ」
「芙結限定だけどね」
　　フッと笑って、甘いキスが落ちてきた——。

「あの、芭瑠くん……？」
「……なに？」

「そ、そろそろ離れない？」

「どーして？　今まで触れられなかった分たくさん芙結に触れたいのに」

「うぅ……」

　甘すぎる芭瑠くんは、１時間くらい経った今でもわたしを抱きしめたまま離してくれない。

「芙結がいなくて死ぬかと思ったんだから」

「そんな大げさだよ」

「倒れて入院したときも芙結に会いたくて病院から脱走しようかと思ったくらいだし」

「えぇ……っ」

　冗談っぽく話すけど、芭瑠くんのことだからやりかねないというか。実際やらなかったからよかったけど。

「……もう僕のところに戻ってこないかと思った」

「ご、ごめんね……。勝手にいなくなって」

「芙結は何も悪くないから謝らなくていいよ」

　優しすぎる芭瑠くんはさらに。

「あと、不安なことや気になることはぜんぶ言ってほしい。なるべく気づくようにはしたいけど、芙結の口から聞きたいから」

　ここまで言われたらもうぜったい離れたくないって、ずっとそばにいたいって思うような言葉ばかりくれる。

　大切にされてるのがすごく伝わる。

「わ、わたしからもいっこお願いしたい……」

「なに？」

「今の芭瑠くんが大変なのはわかるんだけど……。でも、
お願いだからしっかり休んでほしい……っ。倒れたら心配
だよ」

「その気持ちだけで嬉しすぎて死にそう」

「ええ……っ。お願いだからちゃんと聞いてよぉ……」

　必死にお願いしてるのに、聞いてくれるのか聞いてくれ
ないのかわかんない。

「倒れたら看病してくれる？」

「す、するけど……。でも、倒れちゃダメ！」

「芙結に看病してほしいから倒れたい」

「そんなこと言っちゃダメです！」

　プイッと顔を横に向けて、抱きしめてくる芭瑠くんを押
し返す。

「離れるの？」

「だって、言うこと聞いてくれないから」

　本当に心配だから、これ以上無理しないって約束してほ
しい。

　わがままかもしれないけど安心したいから。

　芭瑠くん自身の言葉で、「わかったよ。もう無理しない、
約束する」って言ってほしい。

「そんなに心配？　僕意外とタフなんだけど」

「タフな人は倒れないよ！」

「ほんと心配性だね。そんなところも可愛いけど」

「誤魔化しちゃダメ……っ」

　やっぱり大変だから約束はできないのかな。

　きっと芭瑠くんは守れない約束はしない人だから。

「……わかったわかった。芙結がそこまで言うならちゃん
と制限かけることにする」

　粘（ねば）ったら折れてくれた。

　とは言いつつも、心配なので様子は見てあげたいなって
思う。

「それかいっそのこと、ぜんぶ放り投げて芙結だけを可愛
がるのもいいかもね」

「それは……ダメだよ。お父さんと約束してるのに。守ら
なかったらそばにいられなくなっちゃうよ」

「芙結から離れたのに？」

「うぅ、ごめんなさい……」

　時々出てくるイジワル芭瑠くん。

　クスクス笑いながら、ぜったい面白がってるよ。

「もう離すつもりないから覚悟して」

「離れない……もん」

「可愛いこと言うね。じゃあ、今日の夜からもう離してあ
げない」

　今日の夜……。そういえば今いったい何時なんだろう。

　学校が終わったのが夕方の６時。

　そのまま柏葉さんにお屋敷に連れてこられて。

　お母さんには遅くなるって連絡したけど、ちょっと遅く
なりすぎているような……。

「あの、わたしもう帰らないと」

「……は？」

「お母さんには遅くなるって連絡してるんだけど。でも、
これ以上遅くなっちゃうのは……」

「いや、今まですごく甘い雰囲気だったのに、いきなりぶ
ち壊してどうしたの？」

　ぶ、ぶち壊してって。

　どうやら"帰る"発言が気に入らないみたい。

「前まではここに住んでたけど、今は家に帰っちゃってる
し……。だから、今日はいったん帰ったほうがいいかなと」

「じゃあ、いつここに戻ってきてくれるの？」

「も、戻ってきてもいい……の？」

「もちろん。ってか、戻ってきてくれないと僕が無理なん
だけど」

　当たり前のように戻ってきていいと言ってもらえて嬉し
かった。

「えっと、それじゃあ早ければ今週の日曜日くらいとか」

「……え。まだあと5日もあるんだけど。僕は今からでも
いいよ」

　帰って荷物をまとめないといけないし。

　それにお屋敷の人たちにも迷惑じゃ……。

　それをそのまま伝えてみると。

「荷物をまとめるのは柏葉に任せておけばいいよ。それに
屋敷の人間も迷惑なんて思うわけない。むしろ大歓迎じゃ
ない？」

　そう思ってるのは芭瑠くんだけなんじゃ。

「とにかく僕としては1日でも早く戻ってきてほしいんだ

けど」

「じゃ、じゃあ、土曜日に……」

「1日早くなっただけじゃん」

「やっ、だって1日でも早くって」

「そんなの今からじゃないと納得できない」

「えぇ……っ」

　結局、あれから柏葉さんが部屋に入ってきて、芭瑠くんを無理やり説得してわたしはいったん家に帰ることに。

　いまだに納得していない芭瑠くんは渋そうな顔でわたしの隣に立っている。

　柏葉さんが家まで送ってくれることになり、お屋敷の前に車が来た。

「では、芙結さまのみお車へどうぞ」

　車の扉を開けてもらい、中に乗るとなぜか芭瑠くんまで乗ってこようとする。

「芭瑠さま？　わたくしは芙結さまのみと言いましたが」

「僕には聞こえなかったけど」

「それは困りますね。芭瑠さまがご一緒されてしまうと、そのまま芙結さまの家に乗り込みかねないので」

　た、たしかに。

「あ、それいいね。今日の夜は芙結の家に泊めてもらおうか」

「おやめください。芙結さまのご家族の方にご迷惑です」

　ここから芭瑠くんを説得させるのに、さらに20分ほどかかってしまった。

　ようやく車から降りてくれたけど、かなりご機嫌斜めなので車の窓を開ける。

「あの、芭瑠くん？　土曜日には戻ってくるし、明日もし芭瑠くんが学校に来てくれたら会えるよ？」

「……はぁ。明日とか長すぎ」

「寝たらすぐだよ！」

　すると柏葉さんが「出発いたします」と声をかけて窓を閉めて車が走り出した。

「芙結さま」

「は、はい！」

「ありがとうございました」

「へ？」

「芭瑠さまのもとへ戻ってくださるということで」

「あっ、はい。柏葉さんもありがとうございました。いろいろ話してくださって……」

「いえ。わたくしは何もしておりません。戻ると決めたのは芙結さまの意思ですから。芭瑠さまもかなり喜ばれているようですし」

　こうしてこの日は無事に家に帰宅した。

☆
☆
☆
☆

第 5 章

王子様の甘さは止まらない。

　そして迎えた翌朝。

　いつもどおりの時間に家を出て、電車とバスで学校へ向かおうとしたんだけど。

「……!?」

　家の前に停まっている見覚えのある黒い車。

　そのそばに立っている見覚えのある黒服の人。

「おはようございます、芙結さま」

「えっ、どうして柏葉さんがここに!?」

「お迎えに参りました」

「えぇ!?」

　ガチャッと車のドアを開けて、中にはもちろん……。

「おはよ、芙結」

　芭瑠くんがいるわけで。

「お、おはよう。迎えに来てくれたの?」

「もちろん。早く芙結の顔見たかったし。早く乗っておいで」

　腕をグイッと引かれて車の中に乗り込んで、おまけに芭瑠くんの腕の中。

「はぁ……芙結に会えるまで長かった」

「うぅ、待って待って!　つぶれちゃう!」

　昨日の夜まで一緒だったのに。

　まるで数日ぶりに会ったみたいな反応。

　そのまま発車して、柏葉さんが運転席にいるのにお構い

なしにずっとわたしに抱きついたまま。

「えっと、そういえば芭瑠くんって学校に行くの久しぶり
だよね?」

「んー、そうだね。テストでいい点取っとけば別に行かな
くてもいいから」

「あっ、そうなんだね」

「けど、芙結に会えるならちゃんと行くよ」

　わたしにだけとことん甘いのは前と変わらない。

　それから学校に着くまでずっとベッタリで、到着しても
車から降りなくて芭瑠くんは離れてくれない。

「早く行かないと遅刻しちゃうよ……!」

「じゃあ、このままどっか行こうか。柏葉、車出して」

「なりません。芙結さまの言うとおり、このままでは遅刻
してしまいます」

　柏葉さんが車のドアを開けてくれて、降りようとしても
芭瑠くんが車内に引っ張ってくる。

「うぅ、芭瑠くんってば!」

「……はぁ。早く土曜日になればいいのに」

　そんなこんなで、なんとか芭瑠くんを車から引きずり出
して校舎の中へ。

　柏葉さんはやれやれという顔をしながら「芙結さまが
戻っていらっしゃるのが嬉しいのはわかりますが、ここま
でとは……」と、若干呆れていたように見えた。

　そして無事に教室に到着。

　クラスメイトの視線が、久しぶりに登校してきた芭瑠く

んに集まる。

　だけど、それ以上にわたしにベッタリ引っついているほうが気になる……みたいな。

　でも、芭瑠くんはそんな視線お構いなし。

「おぉー、ついに復活かと思いきや、早速芙結ちゃんにベッタリかよ。さすがだねー」

「あっ、おはよう御堂くん」

「おはよー。よかったね、ふたりともより戻した感じ？まあ、芭瑠の様子見たら一目瞭然だけど」

「いろいろとご迷惑おかけしました……」

「いえいえ。ほんとつい最近まで死んだような顔してたのに、芙結ちゃんが戻った途端こんな生き生きするもんなんだね。お前すげー単純なのな」

「佳月ってほんとうるさい。いい加減その芙結ちゃんって呼び方やめないと抹殺するよ？」

「やめろやめろ。お前が言うとまったく冗談に聞こえないからな？」

「冗談じゃないけど」

「マジのトーンで言うのやめろ、恐ろしいだろうが」

　そして午前の授業はあっという間に終わって、お昼休み。

　いつもどおり詩ちゃんとお昼を食べていると、衝撃の事実を知ることになる。

「それにしてもよかったねふたりとも！　またもとに戻れたみたいで安心したよ〜！」

「ごめんね、いろいろと……」

「ううん、全然！ 芙結ちゃんが幸せならわたしも嬉しいよ～！」

　ほんといい子だなぁ……なんて思いながら、お弁当を食べ進めていたら。

「今度ダブルデートしようよ～！」

　詩ちゃんが何気（なにげ）なく提案してきた。

「ダブルデート？」

「そうそう～！ 芙結ちゃんと栗原くんと、わたしと佳月くんで！」

　か、佳月くん？ あれ、御堂くんの呼び方なんかグレードアップしてないかな!?

　えっ、いつの間にそんな進展してるの!?

「えっと、御堂くんの呼び方が前と違うような……」

「付き合ってるから苗字（みょうじ）で呼ぶのは変かなぁと思って！」

「あっ、なるほど」

「うんっ」

「……って、うぇぇぇ!?」

　えっ、いつの間に!?

　今さらっと付き合ってるって言ったよね!?

「芙結ちゃん驚きすぎだよ～」

「い、いや驚くよ！ プチトマトお箸（はし）から落っこちそうだったよ！」

「あはっ、芙結ちゃんおもしろ～い」

　そこから話を聞いてみたら、付き合い始めたのはここ最

近らしい。

　まあ、でも詩ちゃんと御堂くんならお似合いだよね。美男美女だし。

　なんだかんだ、ふたりともいい感じだったし。

「栗原くんってさ、ふたりっきりでいるときもずーっとベッタリ引っついてるの？」

「ま、まあ……」

「へぇ～。普段しっかりしてて、クールそうに見えるから意外だなぁ。芙結ちゃんの前では甘えたがりなんだね」

「あはは……」

　まさに詩ちゃんの言うとおり。

「でも、芙結ちゃんに甘えたい気持ちもわかるなぁ。可愛いから膝枕してほしい～！」

　詩ちゃんみたいな可愛い子に甘えられるなら本望<ruby>（ほんもう）</ruby>だよ。

「あっ、でもそんなことしたら栗原くんに目で殺されちゃうかも。そうなったら佳月くんに守ってもらお～」

「御堂くんは詩ちゃんとふたりでいるときどんな感じなの？　普段とそんなに変わらないのかな？」

　御堂くんって謎なところがあるというか、好きな子の前ではどんな感じか想像つかない。

「うーん。まあ、栗原くんみたいな感じだよ？」

「えっ、それはつまりベッタリ甘えてるってこと？」

「そうそう～」

　それはとても意外。

　芭瑠くんも御堂くんも似たもの同士ってことか。

「あっ、でも栗原くんほどではないよ！」

　苦笑いを返すことしかできなくて、そのままお昼休みは終わった。

　そして、あっという間に放課後になって、帰ろうとしたら芭瑠くんに連れられて車で送ってもらうことに。

　次の日の朝も車で迎えにきてくれて、帰りは送ってもらって——という日を繰り返していたらあっという間に土曜日を迎えた。

　荷物といっても、制服とか学校で使うものくらいしか持っていくものがない。

　服とか生活に必要なものはすべて用意してもらえているので、とてもありがたい。

　……というか、芭瑠くんがわたしに甘すぎるような。

　欲しいものはなんでも買ってあげるって感じだから。

「芭瑠くん……。ちょっと離れてもらえないと動けないんだけども……！」

　お屋敷に着いて、家から持ってきた荷物を整理しているんだけど、くっつき虫みたいに芭瑠くんが邪魔してくるので進まない。

「いーよ、動かなくて」

「いや、でも……きゃっ」

　あぁ、簡単にベッドに押し倒されちゃうし。

　そのまま芭瑠くんが覆い被さってきちゃうし。

「お、落ち着いて芭瑠くん……って、どこ触ってるの!?」

「ん？　どこか言っていいの？」

「やっ、ダメだけど……っ。服の中から手抜いて……！」

　胸板を押し返すけど、力になってないから全然きかない。

「もう……んんっ」

「……可愛すぎて無理」

　いつもより強引に唇を塞がれて、いまだに息をするタイミングがつかめない。

「……息止めちゃダメだって」

「ぅ……でも……んっ」

　苦しいのに、この苦しさがなんだか気持ちいい……変な感覚。

　いつまでも口を閉ざしたままでいると、芭瑠くんが無理やりこじ開けてくる。

「……ん、ふぁ……っ」

「その声やばいね……。もっと聞きたい」

　もうとっくにキャパは超えているのに、全然止まってくれない。

　やめてってお願いしようとしてもできないし、身体に力が入らない。

　全身に甘い毒が回っているみたいに、すべての力が抜けて痺れてくる。

「もう……むり……っ」

「はぁ……っ、僕も無理」

　唇が離れて、息が少し乱れたままこっちを見つめてくる瞳は熱を持ってる。

「なんか止まんない……」

「ま、待って。何しようとしてるの……っ」

「服が邪魔だから脱がそうとしてる」

　着ているワンピースを下から捲くり上げてくるから、無い力で必死に止める。

「ふ、服は脱がしちゃダメ……っ」

「なんで？」

「な、なんでって。……っ、だから」

「ん？　なんて？」

「いや……わ、わたしの身体その、貧相だから……っ」

　お世辞でもスタイルがいいとは言えないし、男の子が好むような体型じゃないし。

　余計なところにばっかりお肉がついて、肝心なところは貧相だし……。

　って、わたしはひとりで何を考えてるの……!!

「どこが？　こんなに僕好みの身体なのに」

「ひゃっ、どこ触って……っ」

「口にしていいの？」

「ダ、ダメ……」

「もっと触っていい？」

「こ、これ以上したら死んじゃう……っ」

　なぞってくる手のせいで、身体がなんか変な感じになってくる。

「これで死んじゃうとかさ……。キスより先なんもできないじゃん」

「やっ、それやめて……っ」

　手がわざとらしく、ゆっくり肌を滑らせてくるから、耐えられなくて身体をくるっと回転させて背を向ける。

「それで抵抗したつもり？　余計したい放題なのに」

「ひぇ……っ」

　背中を向けて逃げられたと思ったのに、逆に後ろから覆われて逃げ場がなくなっちゃった。

　すると、お風呂のほうから音楽が流れてきて、チャンスだと思って再度身体の向きをくるっと変える。

「あのっ、お風呂……！」

「一緒に入りたい？」

「ち、ちが……っ」

「芙結から誘ってくれるなんて積極的だね」

　いや、だから違うし！

　なんでわたしの声が聞こえてないの！

「はい、服脱がせてあげるから腕上げて」

「ま、待って待って!!」

「いーじゃん、入ろうよ」

「無理です無理です……！」

　さっきも言ったけど、とても褒められるようなスタイルじゃないから！

　そもそもお風呂なんてレベル高すぎるし……！

「なんでそんな拒むの？」

「だって、男の子は胸が大きいほうが好きでしょ……っ？」

「さあ。僕はなんでもいいけど」

　嘘だ、ぜったい嘘。前に聞いたことあるもん。

　男の子は胸が大きいほうが好きって。

　それを言ってみたら、芭瑠くんはキョトン顔のまま。

「僕は芙結にしか興味ないからなんも気にしてないよ」

「ほ、ほんとに……？」

「うん。ってか、芙結はそのままでいいよ」

「へ……っ」

　芭瑠くんの手があきらかにアウトな位置に触れているので、目を見開くことしかできない。

「別にフツーくらいの大きさじゃん」

「っ!?　さ、触っちゃダメェェ……っ!!」

　とっさに近くにあった枕を芭瑠くんの顔に投げつけてお風呂へ逃走。

　あ、ありえない……っ!!

　普通にさらっと触るなんて……!!

　頭をブルブルと横に振りながら、さっきのことを忘れるようにお風呂に入った。

「ねー、芙結。まだ怒ってるの？」

「……」

　今お風呂から出て、プンプン怒っているわたしに芭瑠くんがご機嫌取り。

「ねー、芙結ってば。無視しないで」

「うぅ……だって、触ることないじゃん……！」

「ごめんって。だって、手伸ばしたら触れちゃったし」

　謝ってるから悪いことしたのを自覚しているのかと思っ
たら、手伸ばしたら〜とか言ってるし。

　反省してるのかしてないのかわかんない。

「どーしたら機嫌直してくれる？」

　捨てられた子犬みたいな目で見てくるから、許してあげ
なきゃとか思っちゃうわたしってめちゃくちゃ甘い。

「髪……乾かしてくれたら」

「それでいーの？」

「うん」

　すぐにドライヤーを準備して、髪を乾かしてくれる。

　温かい風が髪に当たって気持ちがいい。

　人に髪を乾かしてもらうのって心地がいいなぁ。

「なんかさー、こういうのいいね」

「えっ？」

　わたしが床にクッションを敷いて座って、その後ろのソ
ファに座っている芭瑠くん。

「芙結の髪から僕と同じ匂いすんの」

「シャンプー同じの使ってるから……かな」

「なんか僕のって感じがする」

「じゃ、じゃあ、芭瑠くんはわたしの？」

　首をくるっと後ろに向けて振り返ってみたら、芭瑠くん
ちょっぴりびっくり顔。

「不意打ちの小悪魔は心臓に悪いって……」

　おまけに困り顔してる。

「なんか心臓が変になった」

「えっ!? だ、大丈夫……!?」

「芙結の可愛さにやられた」

　えっ、わたし何した!?

　あわてて首をキョロキョロしたら、ドライヤーの音がピタッと止まった。

「ほんと……僕を翻弄するのが上手な小悪魔さん」

「ほ、翻弄??」

「ほら、そーやって無自覚なところもずるいよね。小悪魔と天然の組み合わせって最強だと思う」

　そのまま、お決まりのハグ。

「うっ、つぶれちゃう!」

「だいじょーぶ。やわらかいから」

　そういう問題じゃなくて!

　芭瑠くんって暴走すると力加減がおかしくなっちゃうし、止まらなくなっちゃうから。

「あっ、そうだ。芭瑠くんお風呂入らないと!」

　なんとか逃げ道を作ってみるけど。

「んー、芙結が一緒なら入るけど」

「もう入っちゃったもん」

「うん。僕に枕を投げつけて逃げ出したもんね」

「あ、あれは芭瑠くんが悪いもん」

　芭瑠くんって、たまにデリカシーがないことを平気でやるから困っちゃう。

「んじゃ、お風呂から出たら相手してよ」

「出たら寝るだけだよ……!」

「寝るとき離さないから」

　とか言って、寝るとき以外も離してくれないのに。

　なんてことを思ったけど、芭瑠くんに抱きしめられて寝るのは嫌いじゃないから——。

　こうして芭瑠くんがお風呂から出てきたら、あっという間に寝る時間。

　いつもどおりふたりでベッドに入る。

　すぐに寝るのかと思いきや、芭瑠くんが何か思い出したみたいで突然口を開いた。

「そーいえば小桃がさ」

「っ!?」

　いきなり小桃さんの名前が出てきて、びっくりする。

　小桃さんといえば、芭瑠くんが倒れて入院した病院で会った日以来、一度も顔を合わせていない。

　しかも散々な言われようだったし……。

　思い出しただけでも落ち込みそうになる。

「今度きちんと芙結に謝りたいって」

「んえ？」

　あ、謝りたい??

　えっ、予想外のことすぎて頭が追いつかない。

「なんかいろいろ芙結に言いすぎて、キツくあたりすぎたって。珍しく反省してるみたい」

「そう……なんだ」

「今は家の事情で海外にいるからすぐには無理みたいだけ

ど。小桃にそんないろいろ言われたの？」

「いや……うーん。ちょっと怖かったけど、でも小桃さん
の言ってることは間違ってなかったから。それにきっと、
芭瑠くんを想ってるからこそ、そうやって言ってくるのも
わかるし……」

　現に芭瑠くんの隣にいるのを選んだことで、これから先
いろんな困難や試練があるだろうから。

　それを乗り越えていかなくちゃいけない。

　そばにいると決めたからには、もう二度と自分から大切
な存在を手放したりしないように。

「芙結って可愛い上に性格もいいからますます好きになっ
ていくんだけど、どーしたらいい？」

「ええっ」

「小桃って性格かなりキツいし、言いたいことはっきり言
うタイプだから小さい頃から友達とか少なくて。だから
嫌ったり悪く言う子がほとんどなのに、何も言わない芙結
はほんと優しいね」

「や、優しくなんかないよ……っ。むしろ、ちょっとだけ
羨ましいって思ってるもん」

「どーして？」

「だって、わたしがそばにいなかった間の……昔の芭瑠く
んのことをよく知ってるのは小桃さんだから」

　あぁ、やだ。心狭いなとか思われないかな。

　昔のことを羨ましがっても仕方ないのに。

　でも、芭瑠くんのことをいちばん知ってるのはわたしで

いたいって思うから。

「それってヤキモチ？」

「……です」

「何それ可愛い」

「うっ……」

　控えめに芭瑠くんの顔を見たら、嬉しいのか口元がすごく緩んでる。

「過去のことは変えられないけど。でも、これから先ずっと僕のそばにいてくれるのは芙結だって信じてるから。過去じゃなくて、未来を見てればいいと思うよ」

　本当にその言葉どおりだと思う。

　過去は変えられないけど、未来はこれからふたりで作っていくものだと信じているから──。

王子様と危険な一夜。

　さて、季節は冬本番に突入。

　迎えた12月の中旬。

　わたしはあることで最近頭がいっぱいで、とてもとても悩んでいるのです。

「クリスマスプレゼントどうしよう！」

　来たる12月25日のクリスマス。

　芭瑠くんへのクリスマスプレゼントがまったく決まっていない！

「あー、そっかぁ。もうすぐクリスマスだね〜」

「詩ちゃんなんでそんな余裕なの！　もしかして、もう御堂くんにあげるプレゼント決まってるとか？」

　今は放課後で、芭瑠くんが職員室に呼ばれているので、教室で詩ちゃんと喋りながら待っているところ。

「んー、まだ決まってないけど大体これが欲しいのかなぁっていうのはわかるよ！　あとは探しにいくだけかな〜」

「大体わかるの!?」

「うん。佳月くんわかりやすいから。よく欲しいものを雑誌とかスマホで見てるし」

「あぁ、なるほど」

　芭瑠くんって、そもそも欲しいものとかあるんだろうか。

　お金持ちだから、なんでも手に入りそうだし。

　でも、日頃からお世話になってるし、そばにいてくれる

から何かプレゼントしたいなぁと思うけど。

「栗原くんって物欲あるの？」

「うーん……あんまりないかも」

　ショッピングに行っても、基本的に自分のものを見るよりか、わたしの欲しいものを見に行こうって感じだし。

　前からだけど、わたしが「可愛いなぁ」とか「欲しいなぁ」とか、どちらかのひと言を発すると、すぐに買ってくれようとする芭瑠くんには困っちゃう。

「栗原くんってさー、もう欲しいものはぜんぶ手に入れてる感満載だよね」

「まさにそれだからプレゼント悩んじゃうよぉ……」

　金額の高い安いじゃなくて気持ちが大切とはいえ、芭瑠くんに安物はプレゼントできないし。

　きっと、何をプレゼントしても喜んでくれるとは思うんだけど。

「詩ちゃんは御堂くんに何をプレゼントするの？」

「んーとね、これ！」

　スマホを少しいじって、あるサイトのページを見せてくれた。

「お財布？」

「そうそうー！　最近古くなってきたから変えたいようなこと言ってたし、ここのブランド好きみたいだから！」

　これって、たしか海外のブランド……だよね。

　名前は知っているけど、高すぎてなかなか手が出せないと思っていたんだけど。

画面に表示される金額に思わず目を丸くする。

とてもわたしが買えるような金額じゃない。

そういえば、考えたらすごく今さらだけど、ここの学校に通っている子たちはみんなお金持ち。

つまり、金銭感覚がわたしみたいな庶民とは違うってことだ。

「あんまり高いのは買えないなぁ……」

こんなことになるなら、バイトとかして少しでもお金を貯めておけばよかった。

「んー、でも金額がすべてじゃないよ！　それに、とっておきのプレゼントがあるじゃん！」

「え??」

「プレゼントは芙結ちゃんでいいんだよ～。いちばん欲しそうじゃない？」

わ、わたしがプレゼントとは??

大きな箱の中に入って、うわーって飛び出してサプライズみたいな？

いや、それはいくらなんでも違うか。

「わたしのぜんぶをもらってくださいって言ったら間違いなく喜ぶよ！」

「ぜ、ぜんぶ……」

それはつまり……大人の階段を上るってこと!?

想像したらカァッと顔が赤くなっていくのが自分でもわかる。

「あれれ、芙結ちゃん真っ赤になっちゃった」

「うぅ……」

「ぜったい外さないプレゼントだと思うけどなぁ。クリスマスは一緒に過ごすんだよね?」

「う、うん」

　まだ詳しくは決まってないけど、クリスマスの夜どこか行こうって話になっている。

「詩ちゃんは御堂くんと過ごすの?」

「うんっ。ふたりで泊まる予定〜」

「な、なるほど……」

　今まで彼氏とかいたことないし、ましてや好きな人と過ごすクリスマスなんてどうなるのか想像できない。

　というか、やっぱりプレゼントは形に残るものにしたいので、芭瑠くんの欲しいものを探ってみることに。

　お屋敷に帰って、ソファの上で難しそうな経済学の本を読んでいる芭瑠くん。

　わたしはその隣でスマホをいじる。

　ネットを開いて【男子高校生　欲しいもの】で検索をかける。

　ヒットするのは、やっぱり無難に財布とか時計とかアクセサリーとか。

　高価なものからお手頃な値段まで。

　芭瑠くんが身につけるなら、やっぱり安いものとかは抵抗あるしなぁ。

　隣の芭瑠くんをジーッと見ていると、偶然なのかバチッ

と目が合った。

「……どーしたの？」

「あっ、なんでもないよ」

　不思議そうな顔をしてる。

　あっ、そうだ。自然な感じで「これどうかな？」みたい
に提案して反応を見ようかな。

「芭瑠くん、これとかどう思う？」

　スマホを見せながら聞いてみた。

　でも、いまいち反応がない。

「芙結はこれが欲しいの？」

「えっ!?」

　なぜか勘違いされてしまった。

　いや、これメンズものなのに！

「欲しいなら買ってあげようか？」

「違うよ違う！　欲しくないです！」

　この作戦は失敗……。

　反応から探るのは、ほぼ不可能。

　悩みに悩んで、結局いいものが思いつかなくて。

　迎えた12月23日。

　この日、詩ちゃんに買い物に付き合ってもらい、なんと
してもプレゼントをゲットしようという作戦。

　そこで、ある物を見つけた。

　たまたま通りかかったお店だったんだけど、そこで香水
を買った。

　匂いが30種類近くあって、好きな香りを選んだあと専用の瓶(びん)を選べる。

　その瓶の種類が本当に多くて見ているだけで楽しいし、デザインがひとつひとつ違っていて、ぜんぶ職人さんの手作りらしい。

　花の香りが多くて柑橘(かんきつ)系の香りもあって、いろいろ悩んだ結果、芭瑠くんに合いそうなラベンダーの香りを選んだ。

　プレゼント用にラッピングしてもらった。

　そして——クリスマス当日。

　残念なことに朝から夕方にかけて芭瑠くんは会社の関係で出かけることになってしまったみたい。

「ごめんね。せっかくのクリスマスなのに芙結をひとりにさせて」

「ううん。大丈夫だよ」

「なるべく早く帰ってくるから」

　スーツをピシッと着こなして、相変わらず大人っぽい雰囲気。

　こうして夕方までは、お屋敷でゆっくりして時間が過ぎるのを待った。

　そして夕方の5時を過ぎた頃。

【6時くらいには帰れるから、出かける準備しといて】と、芭瑠くんからメッセージが届いて、そこから急いで準備をすることに。

　今日予定では外でごはんを食べるんだけど、レストランを予約したと聞いているので、変な格好じゃいけない。

　たぶん……いやぜったい、どこかの高級ホテルのレストランを予約してそうだもん。

　服をザッと10着くらい集めてみるけど、どれがいいのかさっぱりわかんない。

　というか、レストランに合う服って？

　やっぱり、ちょっと大人っぽいワンピースのほうがいいよね。

　髪とかも巻いたほうがいいだろうし、いつもと違う感じでメイクもしたほうがいいかなぁ。

　なぜこんなにやることがたくさんあるのに、あらかじめ時間に余裕を持って準備しておかなかったんだ自分……！

　あわててメイドさんにどれがいいか聞きながらドレスを選んで、髪やメイクはメイドさんがやってくれた。

「す、すみません……。何から何までお手伝いしてもらっちゃって……」

「いえいえ。とってもお似合いです」

　黒の大人っぽいレースのワンピースを着て、その上に色が少し暗めのピンクのコートを羽織った。

　プレゼントも忘れずに持って外へ出る。

　うぅ、めちゃくちゃ寒い……っ。

　中のワンピースがかなり薄手のものだから。

　ブルブル震えながら待っていると、しばらくして車がやってきた。

　すぐに車の扉が開いて、芭瑠くんがびっくりした顔で
こっちを見て、あわてた様子で駆け寄ってきた。
「なんでこんな寒いとこで待ってるの。部屋で待ってるよ
うにメッセージ入れたのに」
「えっ、あっ、そうなの？」
　準備に夢中でスマホを見ていなかった。
「寒くない？　早く車に乗って。暖房とかもっと温度上げ
てもらう？」
「ううん、大丈夫だよ」
　車内はとても暖かくて、これだったらすぐにコートを脱
げちゃいそうなくらい。
　そして、柏葉さんが車を出発させて、予約したレストラ
ンに向かう。
　芭瑠くんはちょっとお疲れ気味なのか、車に乗ってい
る間は目を閉じて眠っていた。
　疲れているのに、こうやってわたしとの時間をしっかり
取ってくれるのは前と変わらない。
　あんまり無理はしないでほしいな……なんて考えていた
ら目的地に到着。
　車から降りてみると、やっぱり予想どおりの高そうなホ
テルが目の前にある。
　これは間違いなくテーブルマナーに苦戦しそう……。
「じゃあ、いこっか」
　芭瑠くんにエスコートされてホテルの中へ。
　エレベーターに乗って、かなりの高さまで上がっていく。

　到着した階を見たら、なんとびっくり50階。

　そのまま手を引かれて、あきらかに高級そうなレストランへ。

　入り口でコートをあずかってもらい、中に入るとやっぱり場違い感が否めない。

　どう見ても高校生が来るようなお店じゃないよぉ……。

　芭瑠くんは雰囲気に馴染んでるけど……。

　かなり大人っぽい格好をしてきたのに、自分だけすごく浮いているように感じちゃう。

　……って、いかんいかん。周りのことばかり気にしていたら楽しめないし。

　テーブルに案内されてからも緊張した状態が続いて、芭瑠くんがスマートに店員さんと話す姿を見ているだけ。

　運ばれてくる料理を最低限のマナーに気をつけて口に運ぶけど、正直味はわかんないし、頭の中はフル回転。

「もっとリラックスしていいんだよ？」

「ぅ……や、周りの雰囲気がすごくて……」

　澄ました顔をして食べ進めたいけど無理だし、肩に力が入りっぱなし。

　これからもっと、食事のマナーとか所作とか勉強しなきゃいけないって切実に思った。

　食事が終わって帰るのかと思ったら、エレベーターは1階までいかず、途中の階で止まった。

「せっかくだから今日ここに泊まろうと思って。もう部屋

取ってあるから。僕からのクリスマスプレゼント」
「えっ、ここに泊まるの?」
「クリスマスくらい、こういうところで泊まるのもありじゃ
ない?」
　てっきり、お屋敷に帰ると思ったからプチパニック状態。
　あっ、でもプレゼントを渡すタイミングをレストランで
逃しちゃったからちょうどいいかなぁ。
「あの、泊まる部屋別々ってこと……」
「あるわけないじゃん。一緒に決まってるよ」
　で、ですよねぇ……。
　いや、いつも同じ部屋で過ごしているんだから大して変
わらないじゃんって感じなんだけども。
　クリスマスの夜だから特別な感じがして、心臓がドキド
キしてる。
　ふぅ……っと、深呼吸をしていると部屋の前に着いた。
　芭瑠くんがカードキーを使って扉を開けて中に入る。
　とっても広いし、何より窓からの景色がすごい。
　かなりの高さなので街全体がよく見える。
　夜景が綺麗で、思わず大きな窓のほうへ吸い込まれるよ
うに近づいて外を眺める。
「こんなに綺麗な景色初めて見たかも」
「そんなに?」
　しばらく窓の外の景色に夢中になっていると、急に芭瑠
くんがわたしの手を引いた。
　何かなって振り返ってみたら、近くにあったテーブルに

置かれた少し小さめのホールケーキ。

「レストランで食べるより、ここで食べたほうが落ち着くでしょ？」

　たぶん、わたしがこういうところで食事をするのが慣れていないから、ケーキだけでも落ち着いて食べられるようにって配慮してくれたんだ。

　その優しさがとっても嬉しい。

　テーブルのそばにあるソファにふたりで座って、ケーキをお皿に取り分けようとしたんだけど。

「僕はいいよ。芙結だけ食べて」

　そっか。芭瑠くん甘いの得意じゃなかったよね。

「今でも甘いの嫌い？」

「んー、好きなのと嫌いなのある」

　甘いものでも "好きなもの" と "嫌いなもの" があるのかぁ。

「じゃあ、わたしだけ食べちゃうね」

「ん、いーよ」

　ブルーベリーとラズベリーが中心にたくさんのせられて、ホイップクリームがたくさんで、スポンジもふわふわ。

「んー、甘くて美味しいっ」

「そんなに？」

「うんっ。でも、甘いの苦手な芭瑠くんにはちょっとくどいかなぁ」

「じゃあ——僕にも甘いのちょーだい」

　さっきまで欲しくないって言ってたのに。

　食べたい気分になったのかな。

「あっ、食べる？」

「……僕はこっちの甘いのが好き」

　そう言って、下からすくい上げるように唇を塞がれた。

「っ……」

「芙結の甘い唇は好き……」

　あ、甘いって……意味違うよ……っ。

　ぺろっと軽く唇を舌先で舐めてくる。

「……たくさん欲しくなる」

「ん……っ」

　チュッてわざと音を立てる短いキス。

　そのあと一瞬離れたら、今度は長くて深いキス。

　しだいに力が入らなくなって、キスが終わった頃にはいつものように、すべてを芭瑠くんにあずける。

「……やっぱ甘いね。ずっと触れたいって思うくらい中毒性あるから抑えらんない」

　意識がボーッとしてきたけど、あることを思い出してハッとする。

　再び顔を近づけて、キスしようとしてきたので待ったをかける。

「……何この手。すごく邪魔」

「ち、違うの、ちょっと待って」

　このままだと、芭瑠くんのペースに流されることは間違いないので、渡すなら今しかない。

「少しだけ待って……っ？」

「ほんとに少し？」

「うん」

「少し待ったら僕の好きなようにしていいの？」

　冗談か本気かわかんない。

　もし、好きにしていいよ……って言ったら、どんな反応するんだろ……？

　あえてその答えは言わないでおくのはずるいかな。

「渡したいものがあって」

　そう言うと、キョトンとした顔でこっちを見ている。

　さっき、こっそりソファのそばに置いた紙袋を手に取って、思い切って渡した。

「こ、これ、クリスマスプレゼント……です」

　人にプレゼントを渡すのって、なんでか緊張してカミカミになっちゃう。

「……え、僕に？」

　かなりびっくりしてるみたいで、珍しく固まっている。

「芭瑠くんしかいないよ？」

「……嬉しすぎて言葉が出てこない」

　わかりやすく口元が緩んでいる様子から、喜んでくれてるのかな。

「あんまり高価な物は買えなかったんだけど、いつも芭瑠くんにはお世話になってるし、わたしのそばにいてくれるから。よかったら使ってくれると嬉しい……です」

　気に入ってもらえるか不安だし、香水は好みがわかれるから、今さらながら難易度高めなプレゼントを選んじゃっ

たかもしれない。

「……ありがと。明日死にそうなくらいの勢いで嬉しい」

　なんとも嬉しさの表現が独特っていうか。

　プレゼントを渡しただけで、まさかこんなに喜んでもらえるなんて。

「開けていい？」

「うん。気に入ってもらえたら嬉しいな」

「芙結からもらったものだから大切にするし、気に入らないわけない。開ける前からわかるよ」

　なんて言いながら、袋の中から箱を出して香水の瓶を取り出した。

「すごいおしゃれな瓶だね。香水とか？」

「うん、香水。匂い大丈夫そうかな」

　ワンプッシュすると、ラベンダーの香りが広がる。

「すごくいい匂いだね」

「芭瑠くんに合ってるかなって」

「僕のこと考えて選んでくれたの？」

「うん」

「はぁ……嬉しさで天に昇りそう」

「えぇっ」

「芙結がこんなに素敵なプレゼント用意してくれてたなんて、僕も何か買ってあげなきゃ彼氏失格だね」

「そんなことないよ！　ディナーとホテルで十分すぎるよ」

　素敵なレストランを予約してくれて、部屋まで取ってくれて。

　忙しいのにこうして時間を作ってくれただけで、すごく嬉しい。

　精いっぱい感謝の気持ちを込めて、ギュウッと抱きついたら。

「ねぇ、天使なの？　可愛すぎる。白い羽が見えてるよ」

「そんなそんな……」

「明日にでも買い物行く？　欲しいものなんでも買ってあげるから」

「いいよ、いいよ……っ。今こうして一緒に過ごしてくれてることがプレゼントでいいの……っ」

　ここで止めておかないと、わたしが知らない間に何か買ってきちゃいそうだし。

「そんな可愛いこと言わないで」

「……？」

「……変な気起こりそうになるから」

「変な……気？」

「ってか、もう起こってるから。……ちょっといったん頭冷やすためにシャワー浴びてきてもいい？」

　そう言うと、すぐにわたしのそばから離れてバスルームに行こうとする。

　だから、とっさに立ち上がって大きな背中にギュッと抱きついた。

「っ、なに？　今いろいろまずいんだけど」

　ちょっぴり余裕がなさそうな声。

「あのね、もういっこだけ……プレゼントある……の」

「まだ何かくれるの？」

　胸のドキドキは最高潮。

　こんなこと言ったら引かれるかもしれないし、いらないって言われたら立ち直れない……かも。

　でも、こうなったら覚悟を決めて言うしかない。

　ゴクッと喉が鳴って、ギュッと抱きしめる力を少しだけ強くして——。

「わ、わたしのぜんぶ……もらってください……っ」

　口にした途端、恥ずかしいどころじゃない。

　身体中の熱が一気に顔に集まってるんじゃないかってくらい。

「……はっ？」

「い、いらなかったら受け取り拒否も可……です」

「いや、拒否とかありえないでしょ」

　大きな背中がくるりと回って、正面に向き直った。

　目線を落としたままでいると、芭瑠くんが下から覗き込むように顔を見てくる。

「……ほんとにもらっていーの？」

「い、いいよ……っ」

「やっぱりなしとか言われても途中で止まれないよ？」

「うん……」

　心配そうに何度も聞いてくれるのは、わたしのペースに合わせたいと思っているからだろうし、怖がるかもしれないから。

「芭瑠くんなら、優しくしてくれると思ってるから」

「っ、……余裕ないのに、そんな可愛いこと言うとかずる
すぎ」

　ふわっと抱き上げられて、ベッドに優しく下ろされた。

　そのまま身体がゆっくり倒される。

「……逃げるなら今のうちだよ？」

「大丈夫……っ」

「優しくしたいけど無理……かも」

　言葉どおり、いつもより強引なキスが落ちてくる。

　すぐに苦しくなって、反射的にベッドのシーツを握る。

　芭瑠くんの手は器用に動いて身体に触れてくる。

　甘すぎる刺激にクラクラ。

　唇はずっと塞がれたまま。

　かと思えば離れて、お互い少し呼吸が乱れてる。

「……ほんと余裕ない」

　欲する瞳で見つめて、ネクタイに指をかけてシュルッと
緩めた。

　この仕草が妙に色っぽく映る。

「……は、る……くん」

「……ん？」

「キス……もっと」

　大胆なこと言ってるけど、もっと芭瑠くんにわたしを感
じてほしいって思っちゃったから。

「っ……、なにその誘い方……ずるいって」

　芭瑠くんの首筋に腕を絡めたら、もう余裕なんて飛んで
いったという顔をしてまた唇を塞いだ。

　いつもより荒くて強引。

　でも、甘いのは変わらない……。

「はぁ……っ、それやだ……っ」

　キスに夢中で気づかなかったけど、ワンピースの前のボタンがすべて外されていて、素肌が露わになって思わず両手をクロスして隠す。

「……ダメだって、ちゃんと見せて」

「ぅ……ぁ……っ」

　今度は耳元で甘くささやかれて、腰のあたりが変な感じになる。

　隠した両手はあっさりどかされてしまう。

「……白くてきれいな肌」

　指先で鎖骨から下にかけてツーッとなぞってくる。

「しかもやわらかいし……」

　首筋にキスが落ちて、今度は指先だけじゃなくて手のひらで優しく触れてくるから耐えられない。

「っ、……」

「なんで声我慢するの？」

「へ、変……だから……っ」

「もっと甘い声で鳴いて？」

「や、やだ……っ」

「……そのうち抑えられなくなると思うけど」

　その言葉どおり、触れられるたびに声が抑えられなくて。

　甘くて、身体が痺れて変な感覚になってくる。

　されるがままで、自分が今どんな状態になってるか、も

うそんなことすらわからない。

　ただ、息がどんどん荒くなって、身体の熱が上がってい
くだけ……。

「……僕のほうちゃんと見て」

「む……りっ……」

　首を横に振ると、無理やり向かされて息が乱れている中
でキスをされて。

　身体に触れる手も止まることはなくて。

「それ……ダメ……っ」

「ダメなの？　じゃあ……やめる？」

　ピタッと手が止まると一気にもどかしさに襲われる。

「ぅ……」

「ダメって言ったの芙結だよ」

「そんな……イジワル言わないで……っ」

「じゃあ、ダメじゃないんだ？」

　その言葉にコクリとうなずくと満足そうに笑った。

「……ほんと可愛すぎるね。今夜はもう寝かせてあげられ
ない……かも」

　言葉どおり何度も何度も求めてきて……。

　意識が飛びそうになるくらい求められて、声を我慢する
とか恥ずかしいとかそんなのぜんぶ忘れるくらい……。

「もうダメ……んんっ」

「……ダメって言うわりに身体反応してる」

　弱いところを攻めてくるから、反応しないわけない。

「い、言わないで……っ」

「それに芙結のダメは、もっとってことでしょ？」

「っ……」

　意識が飛びかけるたびに、首筋に噛みつかれて何度も求められて……。

　今まで感じたことがない熱と痛みを知った──そんな甘すぎる危険な一夜。

　そして気づいたら朝を迎えていた。

　はっきりしない意識の中でもわかる──誰かに包み込むように抱きしめられているのが。

　それが心地良くて、まだこの腕の中にいたいって思っちゃう。

　きっとそれは、芭瑠くんだから……。

　もっと近づきたいと思って、目の前にある身体に頬をすり寄せた。

「なにこの破壊力……っ」

　そんな声が聞こえて、目をゆっくり開けて顔を少し上げると。

「寝起きから誘ってるの？」

「……？」

「……そんなわけないよね。まだ寝ぼけてる？」

　頬をむにっと引っ張られて、眠っていた意識が徐々に戻ってくる。

「あれ……ここ、どこ……？」

　芭瑠くんが隣にいるのは変わらないのに、部屋がいつも

と違う。

「昨日のこと覚えてない？」

「……？」

「あんなに甘い声で鳴いてたのに」

　素肌に直接触れられて、自分が今ほぼ何も身につけていない状態だって気づく。

「っ!!」

　ようやく今の状況と昨日の夜のことを思い出して、すぐさま布団の中にババッと隠れる。

　そ、そうだ……っ、昨日の夜……。

　うわぁぁぁ、思い出すだけで恥ずかしいし、覚えてない部分もあるし……っ！

　というか、気づいたら意識が飛んで朝になってるし。

「その様子だと思い出した？」

「うっ……」

「ほら、隠れてないで顔見せてよ」

「む、むりむり！」

「昨日はあんな大胆だったのに」

「そ、それ以上言わないで！」

　止めるのに夢中になって思わず布団から顔を出してしまった。

「おはよ。やっと顔見せてくれた」

「……お、おはよう」

　部屋の明かりは消えているはずなのに、大きな窓から入ってくる光があってとても明るい。

　だから、顔がはっきり見えちゃう。

「そ、そんな見られると恥ずかしい……です」

「なんで？　ってか、寝顔はずっと見てたけどね」

「ずっと!?」

　えっ、寝てないの？

　まさかわたしだけ爆睡してたの!?

「そりゃ……寝れないよねフツーは」

「？」

「まあ、可愛い寝顔が見れたから僕的には得した気分だからいいけど」

　にこっと笑いながら、腰のあたりに手を回して抱きしめてきた。

「身体へーき？」

「え、あっ……たぶん」

　少しだけ重たいように感じるけど、痛いとかそういうのはそんなにない。

「……あんま加減できなくてごめんね」

「う、ううん、大丈夫……っ」

「芙結があまりにも可愛すぎるから。しかも大胆にもっととか──」

「ひゃぁぁ！　それ以上は言っちゃダメ！」

　記憶がある部分とない部分があるのって恐ろしい。

　それに、覚えているところをこんなふうに振り返られたら、もう耐えられない！

「そこは覚えてるんだ？」

「も、もう……この話は終わりにして！」

　プンプン怒ると、芭瑠くんはごめんごめんって簡単に謝ってくる。

「あ、そーだ。シャワーでも浴びる？」

「う、うん。浴びたい……かな」

「バスタブにお湯ためといたよ」

「あっ、ありがとう」

　お風呂に入りたいなぁと思っていたからちょうどいい。

「一緒に入る？」

「や、やだ。ひとりで入る」

「なんで？」

「恥ずかしいもん」

「今さら？　昨日ぜんぶ見たのに」

　だ、だからっ、そういうの口にしなくていいのに！

「それとこれとは話が別なの……っ！」

「いつになったら一緒に入ってくれるの？」

「と、当分は無理です……」

　とりあえず何か着るものがほしい。

　ベッドのそばに昨日着ていたキャミソールがあったので、それをスポッと被る。

　ベッドから出て、早いところバスルームに向かおうとしたんだけど。

「あ、あれ……？」

　なんでか足にまったく力が入らない。

「どーしたの？」

「やっ、なんか立てない……みたいで」

「それじゃあ、僕がバスルームまで運ぶしかないね」

「えっ、ちょっと待って！」

　ひょいっと抱き上げられて、そのままバスルームに運ばれてしまった。

「せっかくだからこのままふたりで……ね？」

　芭瑠くんの甘いペースに流されてばかりなのは今日も変わらない。

王子様とダブルデート。

「うわぁぁぁイチゴがいっぱいだ～！」

「詩ちゃん待って待って！」

　突然ですが今わたしと詩ちゃん、そして芭瑠くんと御堂くんでイチゴ狩りに来ています。

　気づけばもう2月の中旬。

　学校は3月の卒業式まで自由登校なので、ほぼお休み。

　そこで、今回ダブルデートということで4人でイチゴ狩りにやってきた。

　ビニールハウスの中に入って、たくさんのイチゴを目の前にした途端、詩ちゃんが走り出しちゃったので、あわてて追いかけているところ。

「わたし、イチゴ大好きなの！　だから今日はたくさん食べるんだ～！　楽しみ～」

　食べる気満々で、はしゃいでいる姿がとても可愛い。

「イチゴのヘタいれるカップないとヘタ捨てれないよ！」

　詩ちゃんって張り切りすぎて、カップを受け取るのを忘れて、かわりにわたしが受け取った。

　それを渡してあげる。

「ありがとう～。ほらほら、早く食べに行こう～！」

「あっ、うん。でも芭瑠くんたちはいいのかな？」

　わたしたちの様子を後ろから見守っているだけ。

　すると、御堂くんがこっちにやって来た。

「うーたちゃん。走ったら危ないし、イチゴは逃げないからゆっくり食べないと」

「でも時間制限あるんだよ！ ほら、佳月くんもたくさん食べようよ〜」

　詩ちゃんがグイグイ御堂くんを引っ張っている姿を見ると、完全に振り回されているような。

「はいはい。ほんと詩ちゃん可愛いな〜」

　こ、こんなに嬉しそうに笑っている御堂くんは初めて見たかも。

　それは芭瑠くんも思ったみたいで。

「佳月があんな気持ち悪い笑い方してるの珍しい。気色悪いね」

「詩ちゃんにデレデレなんだね」

　それにしても、気色悪いって。

　芭瑠くんは相変わらず御堂くんには毒舌みたい。

「おーい、そこのふたり。特に芭瑠。誰が気色悪いって？」

　えっ、聞こえてたの!?　耳よすぎじゃない!?

「地獄耳じゃん」

「つーか、お前も芙結ちゃんの前だとデレデレしすぎて気色悪いからな？」

「それは芙結が可愛いから仕方ない」

「んー、まあ詩ちゃんも可愛いけどな？」

「芙結も可愛いけどね」

「いや、詩ちゃんも負けてないけど」

　こ、このふたりなんの張り合いしてるの……！

　ふたりがこんな言い合いをしているのに、詩ちゃんは自由にひとりでイチゴを食べ始めちゃってるし。

　とりあえずこのふたりは放っておいて、わたしもイチゴ食べちゃおう。

「見て見て〜芙結ちゃん！　このイチゴめちゃくちゃ大きくて真っ赤！」

「ほんとだ！　美味しそうだねっ」

　イチゴにカプッとかじりついている詩ちゃんが可愛すぎる……！

　これを御堂くんが見ていたら——と思ったけど、いまだに入り口付近で芭瑠くんと言い合いしてるし。

　ふたりとも普段大人っぽくて、スマートに対応してくれるのに今日は全然というか。

　お互い口が達者だから言い合いしちゃうとキリがない。

「う、詩ちゃん。あのふたりいいのかな」

「ん〜？　いいんじゃないっ？　それより、芙結ちゃんの前にあるイチゴ美味しそ〜」

　さっきからイチゴに夢中の詩ちゃんは、ふたりのことがそんなに気になっていない様子。

　それから詩ちゃんとイチゴを食べ進めていると、10分くらいしてやっと芭瑠くんたちがこっちにやって来た。

「ん〜、甘くて美味しい〜！」

「ほんとにどれも甘くて美味しいねっ」

　すると、このやり取りをそばで見ていた芭瑠くんたちが頭を抱えていた。

「はぁ……。僕の芙結はイチゴを食べてる姿だけでも可愛いなんて」

「ほんと俺の詩ちゃん可愛いからイチゴのCM出れそうだよな」

　芭瑠くんは相変わらずだし、御堂くんも詩ちゃんが可愛くて仕方ない様子。

「芙結ちゃん、これあげる！」

「えっ」

　詩ちゃんがイチゴをあーんしてくれた。

　パクッと食べると。

「どう？　美味しい〜？」

「う、うん。美味しいよ」

　美味しい？って首を傾げて笑顔で聞いてくる詩ちゃんの破壊力。

　女のわたしでもドキッとしちゃうくらいだよ。

「じゃあ、わたしもお返しで」

　美味しそうな真っ赤なイチゴをちぎって、食べさせてあげた。

「ん〜！　芙結ちゃんに食べさせてもらったら500倍美味しいよ〜！」

「そんな大げさだよっ」

　当然、このやり取りをそばで見ていたふたりは……。

「詩ちゃんは芙結ちゃんとラブラブしてんのな。仕方ないから俺らもふたりであーんし合う？」

「死んでも無理」

「お前なぁ、冷たすぎるだろ。ツンツンすんなよ。彼女に
見捨てられた者同士仲良くしよーぜ？」

「はっ、なに言ってんの。僕は見捨てられてないし」

　なんて言いながら、芭瑠くんはイチゴのヘタをちぎって
ひとりで食べていた。

「うわー、冷たっ。お前ほんと芙結ちゃん以外には容赦な
いよな」

「当たり前。芙結以外とかどーでもいいし」

「おいおい。俺とか結構付き合い長いのに？」

「佳月はいちばんどーでもいい」

　ふたりって本当に仲いいのか疑っちゃう会話。

　すると、詩ちゃんが「佳月くん〜！　こっちで美味しい
イチゴ探そうよ〜」と、お誘い。

　御堂くんは喜んでそっちにいっちゃった。

　ということは、残ったわたしはもちろん芭瑠くんと一緒。

　すると、芭瑠くんがイチゴをちぎって、わたしのほうに
向けてくる。

「……？」

「食べていーよ」

　あっ、なるほど。わたしのために取ってくれたんだ。

　手で受け取ろうとしたら、かなり不満そうな顔をされた。

「いや、なんで僕のときは手なわけ？」

「え？」

　あっ、つまりこれは、詩ちゃんのときみたいにそのまま
カプッと食べてということ？

　理解したので、手を引っ込める。

「じゃあ、いただきます」

「ん、どうぞ」

　そのまま一口でパクッと食べてモグモグ。

　どのイチゴも甘くて美味しいなぁ。

　あっという間に食べ終わったので、次は自分で美味しそうなのを探してパクパク食べていると。

　な、なんか隣からすごくすごーく視線を感じる。

「なんで僕にお返しないの？」

　はっ、そういうことか！

　詩ちゃんにやったみたいに食べさせてあげたんだから、僕にも食べさせてよってやつか！

「い、今すぐお返しするね！」

　イチゴをちぎって、そのまま芭瑠くんに向けると満足そうにパクッと食べた。

　ふと、芭瑠くんのヘタが入ったカップを見ると全然食べた感じがない。

「芭瑠くんはイチゴあんまり好きじゃない？」

「んー……イチゴより芙結のこと食べたい」

「あっ、そっか」

　なるほど。イチゴよりわたしかぁ。

　……って、なんかさらっと流しちゃったけど、めちゃくちゃおかしくない!?

「いや、その、今はイチゴ食べないと！」

　あわてるわたしとは正反対に、相変わらずイチゴのヘタ

をブチッとちぎって平然とした態度で食べてる。

　大胆なこと言ってるのに、なんでそんな普通なの!?

「今はイチゴで我慢しとくから」

「が、我慢……」

「帰ったらたくさん芙結をちょーだい」

「っ！」

　芭瑠くんがこんなことを言ったせいで、簡単に顔が熱くなってくる。

　すると、少し離れた場所にいた詩ちゃんたちがこっちに来た。

「あれ〜、芙結ちゃんなんか真っ赤だよ!?　大丈夫!?」

「えっ、あっ、大丈夫……！」

「イチゴみたいだよ!?」

「あ、あはは……」

　そんなに真っ赤になっちゃってるんだ。

　芭瑠くんが変なこと言うから……！

　すると、御堂くんが何かを悟ったように芭瑠くんの肩をポンポン叩きながら。

「お前……こんな公の場で芙結ちゃんに何したんだ？」

「別になんもしてないけど。ただイチゴより芙結が食べたいって言っただけ」

　……っ!?　何さらっと御堂くんに言っちゃってるの!?

「澄ました顔しながらとんでもない爆弾落としてくるなよ」

「別に思ったこと素直に言っただけだし」

「いや、素直すぎるだろ。そりゃ芙結ちゃん真っ赤になる

わな」

　こんな感じで、イチゴ狩りは30分で終了。

　そのあとは近くにスペースがあってそこで少し休憩。

　ここでは取ったイチゴを量り売りもしているみたいで、買ってるお客さんが結構いた。

　そして、びっくりしたのが詩ちゃんがめちゃくちゃ食べていたこと。

　カップにヘタがたくさんあって、数でいうと50個以上は食べていたんじゃないかな。

　わたしなんて20個くらいでお腹いっぱいなのに。

　芭瑠くんにいたっては5個くらいしか食べてないし。

　そして、しばらくして柏葉さんが車で迎えに来てくれて、少し寄り道をしながら4人の時間を楽しんだ。

王子様と誓いのキス。

　季節はあっという間に春を迎えた。

　芭瑠くんとの再会からもうすぐ1年。

　今日3月1日は卒業式。

「ふーゆーぢゃぁぁん!!　もう卒業なんてさびしいよ〜！1年しか一緒にいられなかったのに！」

　朝、教室に着いてみると、なぜか詩ちゃんがすでに泣いちゃう寸前。

「わたしもすごくさびしいよ」

　思い返してみれば、ここの学校に転校してきて過ごしたのは1年だけ。

「卒業してもいっぱい会おうね、あと卒業式終わったら写真100枚くらい撮ろうね！」

「そ、それはちょっと多いような。御堂くんと撮ったりしなくていいの？」

「ん〜、佳月くんは大学一緒だし、これから会えるからいいのっ」

　詩ちゃんって御堂くんに対してはドライだったり。

　ふたりは同じ大学に進学するみたいで、なんと学部まで一緒らしい。

　そして、わたしと芭瑠くんも大学進学を選んだ。

　ただ、詩ちゃんたちみたいに同じ大学じゃないので、離れちゃうのが少しさびしい。

　みんなそれぞれ違う道を進むんだって思うと、こうして一緒に過ごせた時間は貴重だったんだなぁと思う。

「はぁぁぁ、芙結ちゃんともっと早く出会ってたらなぁ」

「ほんとにね。わたしも詩ちゃんともっと早く出会いたかったなぁ」

　こんな会話をしていたら先生が教室に入ってきて、卒業式の流れの説明。

　そして、体育館で卒業式が行われた。

　無事に卒業式と最後のホームルームが終わり──。

　これで解散だけど、みんな教室に残ってアルバムにメッセージを書いたり、写真を撮ったりしている。

「ふゆぢゃぁぁん〜」

「あわわっ、詩ちゃん泣かないでっ」

「むり〜、さびしいよぉ……っ」

「ま、また会えるからっ、ね？」

　まさかの大号泣なので、泣き止むように頭をよしよし撫でてあげる。

「うぅ、会ってくれないとやだよ〜」

「うんうん、春休みたくさん会おう？」

　ギュッて抱きついてくるのがなんとも可愛い。

「約束だよ〜！　会ってくれなきゃプンプンだよ！」

「プンプンしてる可愛い詩ちゃん見たいかも」

「ダメだよ〜イジワル！　なんか芙結ちゃん栗原くんに似てきてる！」

「えぇ、そうかな？」

　あれ、ところで芭瑠くんってどこにいるんだろ？

　御堂くんの姿も見当たらない。

「そういえば、ふたりどこにいるのかな」

　すると、詩ちゃんがハッとした顔をしてあわててわたしの両手を握った。

「た、たたた大変！　すぐに探さないと！」

「え??」

「ネクタイ！　他の女子に取られちゃうよ！」

　話を聞いてみると、どうやら女の子は卒業式に好きな男の子のネクタイをもらうんだとか。

　どこの学校の卒業式でもありがちだなぁと。

　モテる男の子のネクタイは毎年争奪戦だとか。

「こうしちゃいられない〜！　佳月くんをなんとしても捕獲しなければ！」

　ほ、捕獲って。しかも切り替え早くないかな!?

　さっきまで泣いていたのが嘘みたいにピタッと収まって、ネクタイゲットに目が光ってるし。

「芙結ちゃんも栗原くんのネクタイゲットしないと！」

「う、うん」

　芭瑠くんのことだから、もう学校を出て迎えの車の中で待機してそうな気もするけど。

「よし、それじゃ健闘を祈る！」

「えっ、ちょっ詩ちゃん!?」

　さっきまでの感動シーンはどこへ!?

　いきなり教室を飛び出してしまった。

　なんだかんだ詩ちゃんも御堂くんのことが大好きなんだなぁ。

　まあ、また春休み連絡して会えばいいかな。

　とりあえず芭瑠くんがどこにいるのか確認したいので、スマホで連絡を取ってみる。

　電話をかけてみるけど何コール鳴らしても出ない。

　なので、迎えの車が来ている場所に向かおうと思って校舎の外に出てみたら、ものすごい人だかり。

　たぶん、1年生や2年生の在校生たち。

　みんなそれぞれ、一輪の花を手に持っている。

　ローファーに履き替えて下駄箱を出た途端。

　わたしの姿に気づいた男の子たち数人が、走ってこちらにやって来るではないか。

「白花先輩！　これよかったら受け取ってください！」

「俺も受け取ってください！」

　手に持っている花をバッと渡される。

　しかも他の人からも色違いの花をポンポン渡される。

「え、えぇと、ありがとうございます」

　渡されたのでとりあえず受け取ってみる。

　すると、渡してくる男の子がどんどん増えて、なぜかわたしの周りで人だかりができてしまった。

　こ、これはいったい何!?

　中には、告白してくる男の子とかもいたりして、どういう状況なのかさっぱりすぎる！

　何かのドッキリかと疑っちゃうレベル。

　校舎を出てから門に向かうまで、ずっといろんな子に話しかけられたり花をもらったり。

　そして、ようやく門にたどり着いた頃には両手いっぱいに花を抱えて、前が見えなくなりそうなくらい。

　ひとり一輪だったのに、複数集まったので大きな花束みたいになってる。

　なんとか門を出て、柏葉さんがいつもと変わらず車のそばで立っているのが見えた。

「お、遅くなっちゃってすみません」

「これはすごい花の数ですね」

「な、なぜかわからないんですけど校舎を出た途端、在校生の人たちにもらっちゃって」

　柏葉さんが花をすべて受け取ってくれて、ようやく手が空いた。

「さすがですね」

　どうやら、ネクタイと似たようなものみたいで。

　毎年卒業式で在校生は感謝の気持ちを込めて花を一輪、卒業生に渡すらしい。

　渡す相手は自由みたい。

　憧れの先輩、仲のいい先輩などなど。

　中には好きな先輩に渡す子もいるらしい。

「おそらくですが、芙結さまはほとんど男性の方からプレゼントされたのでは？」

「は、はい。男の子が多くて。中には数人女の子もいたん

ですけど」

「やはりそうでしたか。芙結さまは可愛らしい方なので無理もないですね」

「いえいえ、そんな」

　車に乗ってみると、芭瑠くんの姿はなかった。

　あれれ。もういるかと思ったのに。

　まだ学校の中なのかな？

「それでは出発いたしますね」

「えっ、芭瑠くんは──」

「もう先にお送りしていますので」

「……？」

　つまり、もうお屋敷に帰ったってこと？

　車が動き出して、お屋敷に帰るのかと思いきや、なぜか見慣れない景色ばかりが流れてくる。

　そして車が停まった近くには緑豊かな森がある。

　車から降りると、目に飛び込んでくる景色はどこも緑色。

「こちらの道をずっと真っ直ぐに進んでいただけますか？」

　柏葉さんが言うとおり、森の中に一線の道がある。

「ここを真っ直ぐですか？」

「はい。それることなくお進みください。そこに小さな建物がございます。そこで芭瑠さまがお待ちです」

　どうやら柏葉さんはついてきてくれないみたいで、ひとりで言われたとおり道を進む。

　この先にいったい何があるんだろう？

歩くこと10分くらい。

目の前に現れた建物……というか、これは——。

「……教会？」

この中に芭瑠くんがいるってこと？

状況がいまいち把握できない中、数段あった階段を上ると茶色の少し古そうな大きな扉。

ここであってるのかな……と少し不安でドキドキしながら両手を使って扉を開けた。

ギィッと音がして、全体を見渡す。

間違いない、やっぱりここは教会だ。

床は輝く大理石。
天井（てんじょう）は高くてアーチ状になっている。

少し奥を見れば、教会ならではのカラフルな色の綺麗なステンドグラスが見える。

幼い頃、女の子なら誰しもが憧れた絵本の世界に飛び込んだみたい。

そして、バージンロードの先に……ある人の後ろ姿。

わたしが入ってきたことに気づくと、そのままこちらを振り返った。

「……おいで、芙結」

こちらに手を差し伸べて待っている——芭瑠くんの姿。

他に人は誰もいない。だからとても静か。

いったい何がどうなっているのかわからないまま、とりあえず芭瑠くんがいるところまで足を進める。

夢のような世界っていうか、教会の中ってこんな感じな

んだ。

　……そんなことを考えていたら、あっという間に芭瑠くんが立っている祭壇についた。

「え、えっと……これは」

「少し目閉じて」

　言われたまま目をギュッと閉じる。

　今から何が起こるんだろう？

　すると、頭に何かふわっとした感じがして、でも目を閉じてと言われているから気になるけどジッと待つ。

「ん、できた。開けていいよ」

「……？」

　目を開けると、特に変わったところはないような……。

　あっ、違う。めちゃくちゃ変わってた。

　視界に少し入ってくる、真っ白のチュール。

　こ、これって……。よく結婚式で花嫁の人がしてるウエディングベールじゃ……。

「せっかくだから少しでも結婚式っぽくしようと思って」

「け、結婚式!?」

　え、えぇっと、なんか今さらっとすごいワードが聞こえてきたような気がするんだけど……！

「まあ、本番はまた今度ね。今日はその予行練習的なやつだと思ってよ」

　なんだかもうパニックを通り越してフリーズしちゃいそうな勢い。

　すると、芭瑠くんがわたしの首元にかかる、指輪が通っ

たネックレスを外した。

　そして、チェーンから指輪だけを外して左手の薬指に
スッとはめてくれた。

「芙結……」

「は、はい」

　正面をしっかり見れば、真剣な眼差しが向けられる。

「今、僕は何もできない子供だし、自分ひとりの力じゃ芙
結を守ることも幸せにすることもできない」

「……」

「でも、芙結のためならどんな困難も乗り越えられるって
思ってるし、一緒に乗り越えてほしい」

「っ……」

「もうぜったい、芙結のそばを離れないって約束するから」

　左手の薬指に軽くキスを落として……。

「これからもずっと、僕のそばにいてくれますか?」

　その言葉を聞いて涙がポロッと落ちる。

　あらためて、こんな素敵な場所で伝えられたら泣かない
わけがない。

　芭瑠くんがわたしを選んでくれて、そばを離れないって
約束してくれるなら、わたしが出す答えはひとつしかない。

「ぅ……こんなわたしでよかったら……っ」

　泣きながら芭瑠くんの胸に飛び込んだ。

　いつもなら抱きしめ返してくれるのに、なぜか芭瑠くん
は固まったまま。

　あれ……。わたしの返事がおかしかったのかな?

　それとも今になって言ったことを後悔して、やっぱりそばにいるの無理みたいに思ってるとか……!?

　不安になって芭瑠くんの顔を見たら、なぜか安堵の表情を浮かべていた。

「……はぁ、よかった」

「え……?」

「断られたらどうしようとか思ってたから」

「そ、そんなことぜったいないのに」

　芭瑠くんでも不安になったりするんだ。

　いつも完璧で自信を持ってる感じがするから、ちょっと意外だったかもしれない。

「……かなりキンチョーした。ここまでやって断られたら僕ここで失神してたかもしれない」

「そんなに……っ!?」

　普段からなんでもスマートにこなしてるし、それにさらっとかっこよく言ったから、まさかこんなに緊張していたなんて予想外。

「これまだ予約だし、本番じゃないのにね」

「もう十分だから、これ本番でいいんじゃ……」

「いやダメでしょ。指輪も、もっときちんとしたのプレゼントしたいし、芙結のドレス姿も見たいし」

「これでも嬉しいよ……っ?　ドレスは着てみたいなぁとは思うけど」

　でも、制服姿で教会でプロポーズされるのもある意味斬新で、いい思い出になりそう。

「芙結のドレス姿とかぜったい可愛いよね。真っ白のドレスとか似合いそう」

「いつか着てみたいなぁ。芭瑠くんの隣で」

　にこっと笑いかけたら、少し照れた顔をしていた。

　それに、芭瑠くんのタキシード姿も見てみたいなぁ。きっと、すごくかっこいいんだろうなぁ。

「……やっぱドレス着ちゃダメかも」

「えぇ!?　なんで?」

「可愛い芙結は僕だけのものだから。他のやつに見せたくない」

　独占欲の強さは相変わらず。

　でもたぶん、わたしのことをここまで可愛いって思ってるのは芭瑠くんだけだろうから。

　別に他の人がわたしのドレス姿を見てもなんとも思わないんじゃ?って。

「じゃあ、芭瑠くんの前だけで着ようかな……っ?」

「可愛すぎて死ぬかもしれない」

「そんな、大げさだよ」

「ってか、我慢できなくて脱がすかもしれない」

「ぬ、ぬが……っ!?」

「芙結の可愛さって無限だよね」

　世の中にはわたしより可愛い子がたくさんいるのに。

　どうやら、芭瑠くんの眼中にはわたししか映っていないみたいです。

「あ、そーだ。せっかくだから誓いのキスしとく?」

「えっ……んっ」

　まだ返事をしていないのに、さらっと奪われた唇。

　軽く触れて、すぐに離れると至近距離で目が合う。

「……愛してるよ、芙結」

「っ……！」

　不意打ちはずるい……っ。

　いつだって、わたしをここまでトリコにしてしまうのは芭瑠くんだけだ。

「わたしも、愛してます……っ」

　お返しに今度はわたしからキスをした。

　きっと、この恋は一生もの。

　これからもずっとずっと、芭瑠くんの隣にいられたらいいな……と、心から願って。

　そして、そばで支えられる存在になれるように──。

　あれからお屋敷に帰ってきた。

　今日は外食をしてきたので、あとは着替えてお風呂に入るだけ。

　先に寝室に入って着替えをすませようとしたら、なぜか扉がガチャリと開いた。

「ま、待って。まだ着替え中……」

　脱ぐ前だったのでセーフ。

　扉を開けたのはもちろん芭瑠くん。

「着替えなくていーよ。ってか、脱がないで」

「は、はい？」

　ズンズン中に入ってきて、わたしのほうへ近づいてくる。

「は、はるく──きゃっ……」

　なぜかベッドに押し倒されてしまった。

　そして上に覆い被さってくる芭瑠くん。

「制服姿これで見納めだもんね」

「……？」

　あれ、なんだかとても危険な笑みを浮かべているように見えるのは気のせいでしょうか。

「せっかくだから、このまま脱がないでしよっか」

「す、するって何を？」

　胸元のリボンがシュルッとほどかれて、甘いキスが落ちてきた。

「ん……っ」

「……こーゆーこと」

　しばらくキスは止まらなくて深く求めてくるから、ついていくだけで精いっぱい。

　スカートを捲くり上げられて、太もものあたりをスッと撫でてくる。

「やっ……」

　制服のボタンは気づいたらぜんぶ外されているし、キスのせいで息が乱れて今の自分が芭瑠くんの瞳にどう映っているのかわかんない。

「はぁ……っ、やばいね。脱がしかけられて乱れてるのたまんない」

「んっ……見ちゃダメ……っ」

　恥ずかしいのに、抵抗できる力なんて残ってない。

「たくさん可愛がってあげるから覚悟して」

　ひと晩中、愛されて何度も求められた……甘すぎる夜

だった──。

＊End＊

書籍限定番外編

　卒業式を終えて約1ヶ月の春休み。

　4月から始まる大学生活に向けて準備をしていたら1ヶ月はあっという間に過ぎた。

　じつは4月から芭瑠くんとお屋敷を出て、マンションを借りてふたりで生活することが決まった。

　少しでも自立してふたりでも生活がやっていけるようにって、芭瑠くんが提案してくれた。

　とはいえ、まだふたりとも学生なので両親を完全に頼らないっていうのは無理なんだけども。

　数日前やっと荷物の整理とかが終わって、まだ新しい生活に慣れていない状態で、今日はお互い大学の入学式。

「はぁ……。今日から芙結と一緒にいられないなんて僕死ぬのかな。大学なんて行きたくない」

「そ、そんな大げさだよ。大学は違うけど、帰ってきたら一緒にいられるよ？」

　昨日の夜からずっとこんな調子の芭瑠くん。

　早く準備をしなきゃいけないのに、ベッドから出ようとしないでわたしを抱きしめたまま。

　春休みの間、隙あらばベッタリでわたしに甘すぎる芭瑠くんは変わらなくて。

「朝から夜までほぼ1日中、芙結の可愛い顔が見られないとか絶望でしかない」

「わ、わたしも芭瑠くんに会えないのさびしい……よ？」

「ほんとに？　じゃあ、もう入学式サボろうか。いっそのこと大学なんて行くのやめる？」

「そ、それはダメだよ！」

　ちゃんとダメって言わないと芭瑠くんなら本気でやりかねないかもだし。

「それに芙結が心配でしかないんだけど」

「大丈夫だよ？」

　もしかして大学広いから迷子になることを心配してるのかなぁ？

　それとも勉強についていけないことを心配してるとか。

　思い当たることが多すぎるかも。

「いや、全然大丈夫じゃない。芙結の可愛さにやられる男ぜったい多いから。変な虫が寄ってきたらすぐに始末しないとね」

　あれれ。なんか想像してたのと違ってた。

　ゆっくり顔を上げて芭瑠くんを見たら、ものすごく笑顔でなかなか怖いこと言ってる。

「ってか、これ外しちゃダメだから。可愛い芙結は僕のだって周りに見せつけてやらないと」

　そう言って、わたしの左手の薬指にはめられた指輪にチュッとキスを落とした。

「ほ、ほんとにこれつけたままにするの？」

「当たり前じゃん」

　高校の頃は規則もあったし、周りには隠したほうがいいと思っていたけど。

　芭瑠くんがもう隠す必要ないって。

　まだ正式に結婚したわけじゃないけど、いちおう予定だ

と大学を卒業して落ち着いたら正式に入籍することになっている。

　お互いの両親にもきちんと話はしていて認めてくれて。

「な、なんか指輪するの照れちゃう……っ」

「なんで？　ってか、僕はもう見せびらかすくらいの気持ちでいるんだけど」

　芭瑠くんも同じように左手の薬指に指輪をしたまま。

　隠す気はさらさらなさそう。

「ま、まだ、その……結婚してないし」

「いや、するからいーじゃん。なんなら今からする？」

「えぇ、そんな冗談──」

　でも待って。芭瑠くんのことだから冗談とかありえなさそう。

「本気だけど。やっぱり大学休んで役所に行くしかないね」

　ほらぁ、やっぱり。

　芭瑠くんの暴走っぷりは変わらなかったり。

「ダメだよ！　きちんと大学卒業して、まずはお父さんの会社に入らないと」

　芭瑠くんは大学卒業後、お父さんの会社に入ることがもうすでに決まっている。

　社長の息子だからって甘やかす気はないみたいで、入社したらいちばん下っ端になるって、芭瑠くんのお父さんが言っていた。

　まだ先の話だけど。

「だからそのためにも、大学に行って勉強してきちんと卒

業しないと……！」

　なんとか説得できてベッドを出てくれた。

　お屋敷にいた頃は、柏葉さんやメイドさんたちが身の回りのことをやってくれていたけど、今はいないので慣れない家事に大苦戦。

　中でもいちばん苦戦しているのが料理。

　こんなことになるなら、お屋敷にいた間に料理の勉強くらいしておけばよかったと後悔ばかり。

「うぅ……しょっぱい……」

　頑張って朝ごはんを作って失敗。

　卵焼きは塩の分量間違えたし、お味噌汁は味が薄いし、鮭を焼いたけど焦げちゃったし。

　ショボンとしていると、すかさず芭瑠くんのフォローが入る。

「そんな落ち込まなくていいよ。芙結が作ってくれたからすごく美味しいよ」

　優しすぎる芭瑠くんは、テーブルに並べたごはんを文句も言わずにパクパク食べてくれる。

　ぜ、ぜったい美味しくないのに。

　残してくれていいのに、きちんとぜんぶ食べてくれる。

「ぅ……ごめんね。これからきちんと料理のこと勉強して美味しいもの作れるように頑張るから」

「いーよ。それに芙結が慣れないこと頑張ってくれてるって僕がいちばんそばで見てるから。ゆっくりでいいよ。僕もできることあったら手伝うし」

　ほんとにほんとに優しすぎる。

　少しでも芭瑠くんに満足してもらえるようにこれから頑張らないと……！

　朝ごはんを食べ終えて、あとは着替えるだけ。

　高校の頃の制服とは違って、スーツを着るとちょこっとだけ大人になった気分になる。

　黒のジャケットとスカートに白のブラウス。

　メイクは少しするくらいで、髪も緩く巻いていつもとそんなに変わらない。

　そんなわたしに対して芭瑠くんはというと――。

　相変わらずスーツ姿がものすごくかっこいい……っ！

　全身をネイビーでまとめて、同じ色味のネクタイをしっかり締めて。

　お父さんの会社に行くときはスーツを着ているから見慣れているはずなんだけど、何回見てもドキドキしちゃう。

　今も腕時計をつける仕草ですらかっこよくて、こんなのでいちいちドキドキしていたらこの先、心臓がいくつあっても足りない。

　ジーッと見ていたら、バチッと目が合っちゃった。

「どーかした？」

　なんだかすごく心配になってきた。

　芭瑠くんのかっこよさに、同じ大学の女の子たちぜったいときめいちゃうもん……。

　今度はわたしのほうが大学に行きたくなくなっちゃう。

「……っと、いきなり抱きついてどうしたの」

「うぅ……かっこよすぎだよ……っ。大学でわたし以外の女の子と仲良くしちゃやだ……」

　こんなわがまま呆れちゃうかも。

　もう高校生じゃないんだから、いい加減大人にならなきゃいけないのに。

　どうしたらいいかわかんなくて、抱きつく力をギュッと強くするだけ。

「何その可愛いわがまま……。心臓おかしくなりそう」

「……っ?」

「僕は芙結にしか興味ないのに。他の子なんて視界にも入んないし、相手にするつもりもないよ」

「ほ、ほんとに?」

「もちろん。ってか、そんな不安になるってことは僕の気持ちが足りてないってこと?　それじゃ、もっと伝えるしかないよね」

「や、えっとぉ……」

　あれれ。話の方向が思わぬほうに進んじゃってるような。

「ってか、今日まだキスしてないよね。今から時間の許す限りたくさんしよーか」

「ひぇ……んっ」

　腰のあたりに手を回して、さらっと唇を奪ってくる。

　甘すぎるキスを落としてくるから、力が簡単に抜けていっちゃう。

「ぅ……ふっ……」

朝からこんな大人なキス耐えられない……っ。

触れたまま離れないし、わざとらしく音を立てるし。

「息止めちゃダメだって何回も言ってんのに」

「だって、わかんないもん……っ」

「まあ、いつまでもキスに必死な芙結も可愛いけど」

こうして、やっとすべて支度を終えて部屋を出た。

最寄りの駅までふたりで桜並木を歩く。

「桜すごく綺麗だねっ」

「そーだね。芙結は可愛いね」

ん？　なんかいまいち会話が噛み合ってないような。

相変わらず可愛い攻撃が止まらない。

「もうっ、桜の話してるのに！」

「だって桜を見てる芙結が可愛すぎるから」

なんて言って、桜じゃなくてわたしのことばっかり。

せっかくわたしたちの思い出でもある桜が見られる時期なのに。

昔は毎年、桜を見るたびに芭瑠くんを思い出して会いたいなぁとか思っていたけど、今はこうして隣にいるからすごく幸せだなぁって。

あっという間に駅に着いて、芭瑠くんとは乗る電車が違うからここでお別れ。

「はぁ……地獄のキャンパスライフが始まるね」

「せっかくの入学式なのにそんなこと言っちゃダメだよ！」

電車の時間が迫ってきているのに、繋いだ手を離そうと

しない。

「はぁ……このまま芙結と帰りたい」

「え、えっと……じゃあ、今日帰ってきたら芭瑠くんの言うことなんでも聞くから！」

　なんとかご機嫌を取って説得。

「……なんでも？」

「う、うん」

「言ったね？　んじゃ、ちゃんと行く」

　さっきまで、あれほど駄々をこねていたのに意外とあっさり。

　いったい何を企んでいるんだろうとは思ったけど、このときはあまり気にしていなかった。

　そして、1日はとても早く終わり……。

「1日ってこんな長いんだね。芙結に会えなかっただけで1年くらい過ぎたんじゃないかって感覚なんだけど」

　入学式が終わってから、わたしの大学まで迎えに来てくれて、一緒に帰ってきた。

　部屋に入ってからずっとベッタリ。

　抱きしめられると、ふわりとラベンダーの香りがする。

　去年のクリスマスにわたしがプレゼントした香水を今でも大切に使ってくれている。

「そ、そうだ。わたしが晩ごはん作ってる間に芭瑠くん先にお風呂入ってきたらどうかな？」

　と、とりあえず何か理由をつけて離れないとずっと引っ

ついたままになっちゃいそうだし。

　すると、しばらく芭瑠くんは黙り込んだまま。

　かと思えば。

「いーこと思いついた」

「ひゃっ……急にどうしたの？」

　なんでか突然お姫様抱っこをされてお風呂のほうへ。

「せっかくだから一緒に入ろっか」

「へ……っ？」

「ってか、僕の言うこと聞くって約束したよね？」

　まさかまさか。こんなことになるなんて……っ。

　今まで一度だってお風呂だけは一緒に入ったことなくて、逃げていたのに。

　朝、簡単に言うことを聞くなんて口にしなきゃよかったって後悔しても時すでに遅し。

「泡風呂とか初めてかも」

　いつもひとりで入っていたら広く感じるのに、ふたりで入ったらバスタブがものすごく小さく感じる……っ！

　しかも距離近いよぉ……。

「芙結の心臓バクバク」

「うぅ……言わないで……っ」

　後ろから大きな身体に包み込まれて、バスタブの中だからどこにも逃げ場がない。

　芭瑠くんってば、なんで平常運転なの……っ！

　わたしは耐えられなくて、目の前にある真っ白の泡に視

点を合わせてドキドキと闘（たたか）ってるのに。

「そんな恥ずかしい？　別にぜんぶ見てるのに」

「ぅ……」

　プシューッと効果音が出そうなくらい、一気に顔が熱くなってきたような気がする。

　動きたくてもガッチリ抱きしめられているから逃げられないし、手の位置がいろいろ際どいよぉ……っ。

　早く出ないとのぼせそう、茹（ゆ）でられちゃいそう……っ。

「は、芭瑠くん……もう出たい……っ」

　恥ずかしすぎて、肩に力が入って不自然に背中が丸まっちゃう。

「ダーメ。まだ早いし、一緒に入った意味ないじゃん」

「うぅ……」

「うなってもダメ」

　素肌が触れ合っているだけで、いつも抱きしめられてる感覚と全然違う。

　心臓が誤作動（ごさどう）を起こしちゃいそうなくらい。

　おまけにクラクラしてきちゃう。

「芙結の身体ってほんとやわらかいよね」

　耳元でわざとささやいて、手がわずかに動いたせい。

「さ、触るのダメ……っ」

　無い力で抵抗したら、お湯がパシャパシャ跳ねるだけ。

　うぅ……もうこのまま泡に隠れたいよ。

　まだ数分くらいしか湯船に浸かっていないのに、なんだかもう30分くらい過ぎたような……。

　気分がどんどん悪くなって、さっきよりもクラクラがひどくなってる。

「ぬぁ……、なんかグルグル回ってる……」

「え、芙結？」

　全身の力がグダッと抜けきって、そこで一度プツリと意識が飛んでしまった。

「まさかのぼせちゃうとはね」

　すぐに意識は戻って、気づいたら大きめのシャツ1枚を着せられてベッドの上。

「無理させすぎちゃったかな。ごめんね」

　冷たいタオルをおでこにのせてくれて、心配そうにこっちを見て頭を優しく撫でてくれた。

「気分とか悪くない？」

「ぅ……だ、大丈夫……」

　気分っていうより、なんて恥ずかしい姿のままお風呂場から連れ出されちゃったんだ……。

　今すぐ穴があったら入りたいよ……っ。

「そんなに恥ずかしかった？　いつもベッドの上では平気そうなのに」

「そ、それとこれとは話が違うの……っ」

　というか、今その話しないでよぉ……。

　ますます熱が上がっちゃうじゃんか。

　まだ身体に力が入らなくて、ボーッとしてる。

「……ってか、水とか飲んだほうがいーんじゃない？」

　そう言って、ペットボトルのお水を持ってきてくれた。

　さっきから喉が渇いていたので、飲みたいなぁとは思うけど身体がうまく起こせない。

　だから、両手を広げて芭瑠くんに起こしてアピールをしてみるけど。

「……なーに？」

「ぅ……起こしてほしいの……っ」

　ペットボトルを渡してくれないし、起こすのも手伝ってくれない。

「起きなくていーじゃん」

「お水、飲みたいもん」

　あっ……これはまずい。

　芭瑠くんがニッと片方の口角を上げて笑うときは、ぜったい何かよからぬことを考えているに違いない。

「えっ、えっ、なんで芭瑠くんがベッドに乗ってきちゃうの……！」

「ん？　水飲みたいんでしょ？」

「う……やっ……」

　こ、これ前に風邪ひいて薬飲ませようとしてきたときと同じパターンのような気がする。

　目の前で、わたしが飲むはずのお水を口に含んで顔を近づけてきてるもん。

　抵抗したかったけど、できるわけもなくあっさり塞がれた唇。

「んん……っ」

　少し口を開いたら冷たい水がスッと流れ込んでくる。

　唇が持つ熱と正反対の冷たさ。

　口の端から水がツーッとこぼれた。

　喉を流れる水はひんやりして気持ちがいいけど、それよりも触れる唇のほうに意識が持っていかれる。

「はぁ……う……」

「……もっと飲む？」

　唇の端をペロッと舐める仕草がすごく色っぽい。

　芭瑠くんの艶っぽい表情に何回も胸がキュッと縮まる。

「もっと……飲ませてくれるの……っ？」

「……ほんと煽るの好きだね」

　すると、一度だけ軽く触れるキスを落としただけで、そのままわたしが横になっているベッドに倒れた。

「……今日は芙結の身体のほうが大事だから我慢するけど。フツーだったら間違いなく襲ってたよ」

　こういうとき、ちゃんとわたしのことを考えて止まってくれる芭瑠くんは、やっぱり優しい。

「襲っていいよって言ったら……？」

「いや、なんで突然小悪魔になってんの。さっきまで恥ずかしがって倒れたくせに」

「そ、それとこれは別……だもん」

「何が違うのか全然わかんない」

「乙女心は複雑なの……っ！」

　男の子にはわかんないだろうけど、女の子にだっていろいろあるんだから……！

「んじゃ、いつかちゃんと入れるようになろーね」

「う……っ」

　やっぱり芭瑠くんは全然わかってない。

　そんな感じで１ヶ月くらいが過ぎたある日。

　夜寝る前に突然メッセージが届いた。

「詩ちゃんが今度御堂くんと一緒に４人で会おうって」

　詩ちゃんとはメッセージのやり取りはよくしているけど、なかなか予定が合わなくて全然会えていない。

「御堂くんって誰それ」

「ええ。御堂くんだよ！　高校一緒だったよ!?」

　芭瑠くんは相変わらず興味なさそう。というか、ほんとに忘れちゃった!?

「あーー、そういえば佳月とかいたね。懐かしー」

　す、すごい棒読み感。

　こんなの御堂くんが知ったら落ち込むんじゃ。

「せっかくだから４人でディナーどうって誘ってくれてるから行こうよ！」

「……芙結と僕の時間減るじゃん。意味わかんない」

「意味わかんなくないよ！　わたしも久しぶりに詩ちゃんと御堂くんに会いたいもんっ」

　こうして、半ば強引に芭瑠くんを説得して数日後４人で会うことが決まった。

　そして迎えた当日。

「わぁぁぁ芙結ちゃん!! 久しぶりだよ〜会いたかったよぉぉぉ!」

「詩ちゃんっ。お久しぶり! 遅くなっちゃってごめんね」

　先にお店に入っていた詩ちゃんたちと無事合流。

　席から立ち上がって真っ先にギュッて抱きついてくる可愛い詩ちゃん。

「おー、芙結ちゃん久しぶり〜。相変わらず可愛いね。ってか俺のこと覚えてる?」

「もちろん覚えてるよ! 御堂くんも久しぶりっ」

　春休みの間も忙しかったせいで、こうしてふたりと会うのは卒業式以来。

　ふたりとも元気そうでよかった。

「……あのさー、気安く僕の芙結に話しかけないでくれる?」

「わお。相変わらず心狭いね〜」

「うざ。ってか誰」

「誰とかひどすぎるだろ。愛しの佳月くんだぞ?」

「気持ち悪い、寒い、鳥肌」

　芭瑠くんと御堂くんの仲も相変わらずみたい。

　とりあえず料理を頼むことにして、しばらくメニューとにらめっこ。

「ん〜。何にしようかなぁ。佳月くんはどれにする?」

「詩ちゃんと同じのでいいよ〜」

　御堂くんは完全に詩ちゃんにデレデレ。

　顔から大好きっていうのがあからさまにわかっちゃうく

らいダダ漏れだよ。

　隣に座る芭瑠くんをチラッと見たら、つまらなさそーに
メニューをパラパラ。

「は、芭瑠くんは何にする？」

「芙結にする」

「あっ、そっか。じゃあわたしも同じの──って！」

　なんかおかしいよ！　食べたいもの聞いたのになんでわ
たしになっちゃうの！

「僕は芙結がいいんだけど」

「い、いやいや！　食べたいものを聞いてるんだよ!?」

「うん、だから芙結だって」

　うぅ、芭瑠くんの暴走が止まんない。

「はいはーい、そこのおふたりさん。イチャイチャするの
は帰ってからにしてくださいね〜」

　すかさず御堂くんのツッコミが入ってくる。

　詩ちゃんはそんな様子をにこにこ笑みで見てるし。

　なんだかものすごく恥ずかしい……！

「ってかさ、ふたりってもう結婚してんの？　ちゃっかり
指輪しちゃってんじゃん」

　しばらくして料理が運ばれてきて、食べ進めていると御
堂くんが急にそんなことを言い出した。

「まだしてないけど、する予定だし。ってか、もうしてる
ようなもんだし、芙結は僕のだし」

「お前ほんと相変わらず狂ってるよな」

「は？」

「芙結ちゃんへの愛重すぎだろ」

　御堂くんの冷静なツッコミに真顔の芭瑠くん。

「つーか、そんな調子で大学とか大丈夫なわけ？　芙結ちゃんと大学違うんだろ？」

「はぁぁぁ……。今その話題に触れないでくれる？　地下に埋められたいの？」

「いや、心配してやってんのにそんな物騒なこと言うなよ」

　芭瑠くんはいまだに大学に行きたくないって毎日のように言ってるから。

　講義が終わったらササッと家に帰ってくるんだけど、高校の頃よりもお父さんの会社に行くことが増えたから、最近ふたりでいられる時間が少し減っている。

　だから、芭瑠くんのご機嫌が斜めなことが多かったり。

「毎日つまんないよ大学なんて。芙結がいない時点で僕の世界は終わってるから」

「お前……かなり重症だな」

　そのあとも芭瑠くんと御堂くんは、なんだかんだふたりで楽しそうに会話をしていた。

　食事を終えて、楽しい時間はあっという間。

　久しぶりに詩ちゃんとたくさん話せて楽しかったなぁ。

「うぅ……、まだ芙結ちゃんと喋りたいよぉ！」

　詩ちゃんがまだ帰りたくないみたいで、さっきからずっとわたしに抱きついたまま。

「また会えるよ？　わたしからもお誘いするし！」

「いっそのこと今日お泊まりしたい！」

「ええっ」

　わたしは別にいいけど。

　たぶん……というか、間違いなく芭瑠くんの許可が下り
ないような。

「うーたちゃん。あんまわがまま言って芙結ちゃんにベッ
タリしてると芭瑠が怒っちゃうよ〜？」

「うっ……ほんとだ。栗原くんの目が怖い！」

　わたしからササッと離れて御堂くんの後ろに隠れちゃっ
た詩ちゃん。

「まあ、芭瑠がいない隙を狙って会うしかないね〜」

「そうする……！　芙結ちゃん、また栗原くんいないとき
教えてね！」

　とまあ、こんな感じで解散になり──。

　マンションに帰ってきたのは夜9時を過ぎていた。

　着替えをすませて、お風呂に入って、気づいたらもう寝
る時間。

　いつもどおり芭瑠くんと一緒にベッドに入る。

「はぁぁぁ……。なんか今日ものすごく疲れた。ってか、やっ
と芙結とふたりっきりになれた」

　部屋は真っ暗だけど、ベッドのそばにある間接照明をつ
けているので、ぼんやり灯りがある。

「ふぁ……っ」

　あくびをひとつして、意識が飛びそうになるけど。

「……もう寝るの？　ってか、明日も大学とか無理なんだけど」

「う……ほっぺ引っ張っちゃダメだよ」

　まだ寝てほしくないのか、構ってほしいのか頬をツンツンしたり、軽くつねってきたり。

「どうやったら大学行かなくてすむか考えすぎて、それだけで論文書けそうだし」

「えぇ……そんなこと言っちゃダメだよ！」

「いっそ子供作る？」

「へっ!?」

　もう、またこんな想定外すぎること軽く言うんだから困っちゃう。

　しかも、話ものすごくぶっ飛んでるし！

「芙結に似た女の子ならものすごく可愛いだろうね」

　そんなこと言うなら、芭瑠くんに似た男の子だったら間違いなくかっこいいもん。

　……って、つい話に流されちゃったし！

「将来パパのお嫁さんになるとか言われたら可愛いよね、離せなくなっちゃう」

　女の子とか生まれたら間違いなく溺愛（できあい）パパみたいなのになりそう。

　わたしのことなんてそっちのけにしちゃいそう。

「でも、芭瑠くんに似た男の子も見てみたい……かなっ」

　ぜったいかっこいいし、女の子とかにすごくモテモテな子になりそう。

「なんかものすごく生意気そうじゃん。それに芙結の取り合いになるだろうし」

　た、たしかに芭瑠くんって子供相手でも容赦なさそう。

　でも、さすがに自分の子供だったら可愛いだろうから、なんだかんだ折れそうだけど。

「芙結はどっちが欲しい？」

　たぶん、まだずっと先のことだけど。

　欲張っちゃうなら……。

「ど、どっちも欲しい……かな……っ」

　素直に思ったことを言ったけど、ものすごく大胆なこと言っちゃってる気がする……！

「うわ……何それ、破壊力やばすぎ……」

　いつか本当の家族になって、今話していたことが本当になったら幸せだろうなって。

　芭瑠くんとなら、きっと素敵な未来が待っているだろうから。

「でも、子供が可愛いからって、わたしの相手してくれなくなっちゃうのやだよ……っ」

　頬をぷくっと膨らませて、ちょっぴり拗ねた顔で芭瑠くんを見たら頭を抱えちゃった。

「……芙結は僕をどうしたいの？　心臓が持たない、可愛いしか出てこない、やっぱり天使なの？」

「へ……っ？」

　困って余裕なさそうな声。

　すると、さっきまで抱きしめていただけだったのに、急

に覆い被さってきた。

　あ、あれ？　あれれ？？

　もう今から寝るんじゃ？

「それはつまりそーゆーことだよね？」

　えっ、どういうこと!?

「ってか、ちょっと待って……！　何してるの……！」

「ん？　服脱がそうとしてるだけだよ？」

「な、なんで……っ！」

「だって芙結が可愛いことばっかり言うから」

　抵抗することもできなくて、あっという間にキャミソール1枚。

　うぅ……ほんとに無理……っ。

　見られるのが恥ずかしすぎて……。

　ほんの少しの抵抗として両腕を胸の前でクロスするけど、そんなのやっても無駄って感じでベッドに両手を押さえつけられちゃう。

「まだ恥ずかしい？」

「うぅ……恥ずかしいよ……っ。灯り消してくれないとやだ……っ」

「暗いと見えない」

「やだやだ……」

「いい加減慣れてくれたらいいのに」

　かなりガッカリした様子だけど、きちんと薄暗くしてくれる芭瑠くんはわたしにとことん甘い。

「それじゃ──そろそろ好きにしていい？」

「い、いいよ……っ。芭瑠くんが満足するまで、してくれ
たら」
「……っ、そんな可愛いのどこで覚えてきたの」
　困り果てた顔をして、甘いキスの嵐。
「芭瑠くん大好き……っ」
「僕は愛してるよ」
　今もこれから先もずっと、芭瑠くんの隣にいるのはわた
しでありますように——。

＊番外編End＊

あとがき

　いつも応援ありがとうございます、みゅーな＊＊です。

　この度は、数ある書籍の中から『王子系幼なじみと、溺愛婚約しました。』をお手に取ってくださり、ありがとうございます。

　皆さまの応援のおかげで、9冊目の出版をさせていただくことができました。本当にありがとうございます……！

　このお話は、わたしが今まで書いてきた史上いちばん溺愛度がすごかったかもしれません（笑）。

　男の子が女の子のことを大好きすぎる！みたいな設定のお話を書きたくて。それにプラスしてプロポーズや同居といった、自分が今すごく書きたいと思った憧れの設定をたくさん詰め込むことができました！

　芭瑠と芙結は書くのが本当に楽しくて、書き出して1ヶ月と少しくらいで完結することができて、とても気に入っている作品だったのでこうして文庫にしていただけて本当に嬉しく思います！

　また、今回文庫限定の番外編も大学生になったその後のふたりを書かせていただきました！

　芭瑠は相変わらず芙結にベッタリで、本編よりさらにふたりのイチャイチャをたくさん書けて楽しかったです！

　少し話はそれるんですが、わたしはいつも作品を書くとき名前をすごくこだわって考えています……！　少し珍しいというか、響きとか漢字とか可愛いなぁと思うものを考える時間が楽しくて（笑）。

　男の子は芭瑠みたいな中性的な名前が好きなので、いつも文庫のヒーローはそういった感じの名前が多かったり。

　女の子はわりと響きで可愛い！と直感で思ったら、そこから合いそうな漢字を選んで組み合わせたり。

　作品を書く前のこの時間が結構楽しくて好きという、ちょっとした雑談でした……！

　最後になりましたが、この作品に携わってくださった皆さま、本当にありがとうございました。

　そして今回、カバーイラストを引き受けてくださった七都サマコ様。カバー、相関図、そして可愛すぎる挿絵まで描いてくださり、本当にありがとうございました。大切な本がまた1冊増えました。

　そして、ここまで読んでくださった皆さま、応援してくださった皆さま、本当にありがとうございました！

　すべての皆さまに最大級の愛と感謝を込めて。

2020年7月25日　みゅーな＊＊

作・みゅーな＊＊

中部地方在住。４月生まれのおひつじ座。ひとりの時間をこよなく愛すマ
イペースな自由人。好きなことはとことん頑張る、興味のないことはとこ
とん頑張らないタイプ。無気力男子と甘い溺愛の話が好き。現在はケー
タイ小説サイト「野いちご」にて活動中。

絵・七都サマコ (なつさまこ)

７月６日生まれのかに座。千葉在住。ハロプロが好き。
既刊に『嫌いになります、佐山くん！』(KCDX)、『そのアイドル吸血鬼
につき』(GFC) がある。

ファンレターのあて先

〒104-0031

東京都中央区京橋1-3-1

八重洲口大栄ビル7F

スターツ出版（株）書籍編集部 気付

みゅーな＊＊先生

KEITAI
SHOUSETSU
BUNKO
野いちご SINCE 2009

王子系幼なじみと、溺愛婚約しました。

2020年7月25日　初版第1刷発行

著　者　みゅーな**
　　　　©Myuuna 2020

発行人　菊地修一

デザイン　カバー　百足屋ユウコ＋モンマ蚕
　　　　　　　　　（ムシカゴグラフィックス）
　　　　　フォーマット　黒門ビリー＆フラミンゴスタジオ

ＤＴＰ　朝日メディアインターナショナル株式会社

編　集　黒田麻希　本間理央
発行所　スターツ出版株式会社
　　　　〒104-0031　東京都中央区京橋1-3-1　八重洲口大栄ビル7F
　　　　出版マーケティンググループ　TEL03-6202-0386
　　　　（ご注文等に関するお問い合わせ）
　　　　https://starts-pub.jp/
印刷所　共同印刷株式会社
Printed in Japan

ISBN 978-4-8137-0938-1　C0193